DOIS SÉCULOS DE SACANAGEM

POESIA ERÓTICA SATÍRICA PORTUGUESA

EDITORA FLÂMULA

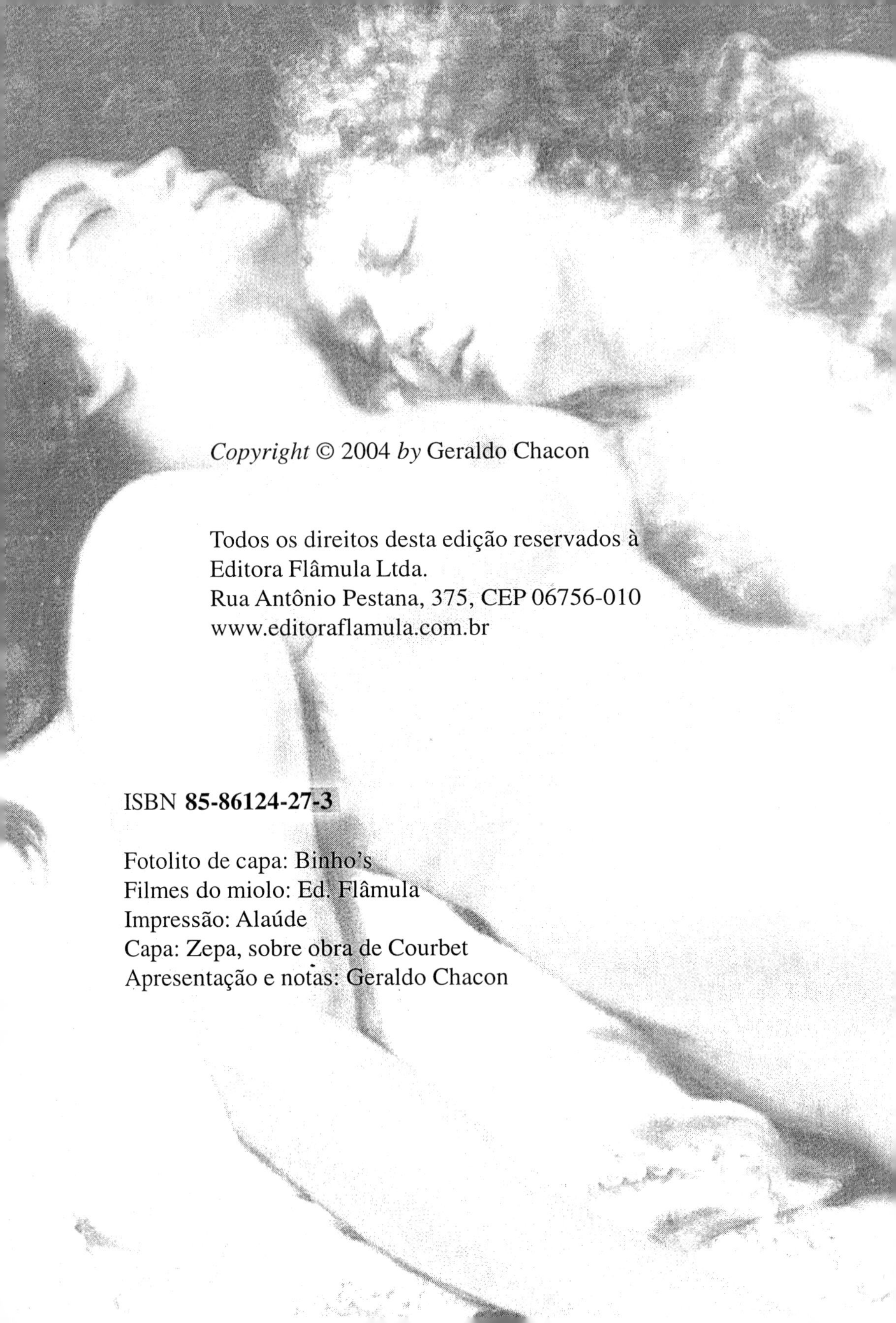

Editora Flâmula Ltda.
Rua Antônio Pestana, 375, CEP 06756-010
www.editoraflamula.com.br

ISBN **85-86124-27-3**

Fotolito de capa: Binho's
Filmes do miolo: Ed. Flâmula
Impressão: Alaúde
Capa: Zepa, sobre obra de Courbet
Apresentação e notas: Geraldo Chacon

POESIA ERÓTICA SATÍRICA PORTUGUESA

São Paulo – 2004

ÍNDICE

BRAZ DA COSTA DE MENDONÇA (SÉC. XVIII)

Adeus, Senhora, que eu parto

Glosa

Nize[1], ouço as tuas razões,
Porém não sei que te diga;
Temo cagar os calções.
Buscarei ocasiões
Em que não venha de parto;
Perdoa se assim me aparto,
Mais não posso demorar-me;
Ai, ai, ai, que entro a alagar-me,
Adeus, Senhora, que eu parto.

2.
Mas se hei-de ir por mim cagando,
Ou tendo dores a fio,
Vou aqui ao teu bacio,
Tu vais daqui conversando;
Deixa-me ir espeidorrando,
Que a merda já vem atrás;
Caga tu, Nize, e verás
O cagar que gostoso tem,
Porque, em tu cagando bem,
Descansada ficarás.

3.
Conversemos: sem razão
Maltratas a quem te adora;
Lá vão dois peidos agora,
Lá vai mais um cagalhão.
É esta de despejar!
Em casa é bom; mas ao ar
É melhor; mas toma tento,
Põe tu, Nize, o cu ao vento,
Se algum dia te lembrar.

Poeta irreverente sempre disposto a criticar certos lugares-comuns da lírica amorosa, como se pode notar na intertextual glosa ao mote "Adeus, Senhora, que eu parto". O ato de defecar, assim como atividades semelhantes, é empregado pelo poeta em contraponto à conversa com a amada, denunciando um desdém machista pela mulher e pelas suas reclamações, impossibilitando o diálogo e o enten-dimento. Essa postura escatológica quebra o idealismo amoroso vigente desde o Trovadorismo até o Classicismo, colo-cando a relação entre homem e mulher num plano fisiológico, que se aproxima da estética realista-naturalista, que aparecerá na segunda metade do século XIX. A escatologia presente em seus versos, inconscientemente, acaba levando-nos a refletir que talvez vivamos entre cagões e merda e que o idealismo seja uma forma de nos enganarmos.

4.

Por ora tenho cagado,
Mas fico em desconfiança
Que esta contínua cagança
Mate teu rigor cansado.
Mas se o que até aqui hei cagando
Nenhum abalo em ti faz,
As tripas cagar verás
Cagar a alma, e o teu amor,
A ver se, por tal fedor,
Compaixão de mim terás.

(Manuscrito da B.N.L. 8583)

Pêsames às putas de Lisboa na ausência do seu Meireles

Enormes cagaçais, putas rafadas
Que, cheias de **polmões**[2] e de **bostelas**[3] ,
Sofreis sobre mil males, mil mazelas
Cegas, fanhosas, coxas e aleijadas.

Agora, mais que nunca desgraçadas,
Vos podeis chamar já todas aquelas
Que nas portas da rua, ou nas janelas,
Fostes do Grão Meireles requestadas.

Inconsolável é o vosso pranto
Pois vos chega a roubar o fado esquivo
Um fiel **chichisbéu**[4] que vos quis tanto.

Nem vossa dor admite lenitivo,
Porque todas ficais postas de canto
Òrfãs daquele pai tão putativo.

(Manuscrito da B.N.L. 10688)

ABADE DE JAZENTE (1720 - 1789)

SONETO

Piolhos, cria o cabelo mais dourado;
Branca remela o olho mais vistoso;
Pelo nariz do rosto mais formoso
O monco se divisa pendurado;

Pela boca do rosto mais corado
Hálito sai, às vezes bem ascoroso;
A mais nevada mão sempre é forçoso
Que de sua dona o cu tenha tocado.

Ao pé dele a melhor natura mora,
Que deitando no mês podre gordura,
Fétido mijo lança a qualquer hora;

Caga o cu mais alvo merda pura;
Pois se é isto o que tanto se namora,
Em ti mijo, em ti cago, ó formosura!

SONETO

Cagando estava a dama mais formosa,
E nunca se viu cu de tanta alvura;
Mas ver cagar, contudo, a formosura
Mete nojo à vontade mais gulosa!

Ela a massa expulsou fedentinosa
Com algum custo, porque estava dura;
Uma carta de amores de alimpadura
Serviu àquela parte malcheirosa.

Ora mandem à moça mais bonita
Um escrito de amor que, lisonjeiro,
Afetos move, corações incita,

Para o ir ver servir de reposteiro
À porta, onde o fedor e a trampa habita,
Do sombrio palácio do alcatreiro!

Paulino Antônio Cabral de Vasconcelos é apontado como o provável criador dos dois sonetos ao lado, que podem servir de material para uma análise da patologia sexual. Seus versos revelam um traço vingativo e um prazer mórbido de tocar no que é sujo e repugnante. O autor se compraz em mostrar a beleza exterior da mulher, para denunciar por sob essa aparência de flor a presença dos aspectos nauseabundos, repelentes, próprios da condição animalesca. Essa misoginia seria fruto da frustração e impotência de quem deseja e não consegue? Ou puro homossexualismo? Carência ou saciedade? Ou não seria sua atitude uma revolta estética contra o encarecimento exagerado da beleza feminina, presente na poesia principalmente no Trovadorismo e no Barroco?

CORREIA GARÇÃO (1724 - 1772)

O soneto, que abaixo reproduzimos, foi classificado por Natália Correia (*Antologia de poesia portuguesa erótica e satírica*) como "discretamente erótico". Parece-nos acertado porque o autor procurou seguir mais de perto os padrões e as convenções do Arcadismo, estilo de época em que se inscreve. A linguagem figurada substitui a descrição corporal que encontramos em outros poetas desta antologia. Parodiando Millôr Fernandes, podemos dizer que esse poema é como estatística ou biquíni: mostra muita coisa, mas esconde o principal. A responsabilização do deus Amor (Cupido ou Eros) pelo desejo incontrolável que leva alguém a ceder ao assédio de outra pessoa é uma postura clássica e neoclássica, que cinicamente desculpa o humano pelos seus atos e suaviza a questão do desejo sexual. O erotismo acaba sendo diluído pela superficialidade das convenções de gosto burguês.

Soneto

À sombra dum verde álamo frondoso,
Beijava o peito à Clori Vita, um dia,
Amor com uma ara o furto lhe encobria,
E com outra, a Clori, o rosto vergonhoso.

Ela, o Pastor amante e sequioso
De si, com a mão sem força, despedia;
Ele, com o ardente corpo o seu cingia,
Tomando o gosto ao pomo saboroso.

Riu-se Amor entre os braços da Pastora,
Beijou-lhe os olhos, que mil peitos rendem;
E assim, com a voz, pôs termo à frouxa briga:

Consente o escasso alívio a quem te adora,
E o fogo, que os teus olhos na alma acendem,
Mal ainda em tanta neve se mitiga.

(Manuscrito da B.N.L. 8610)

ANTÔNIO LOBO DE CARVALHO (1730 – 1787)

Duas características de incontestável merecimento: uma área rigorosamente definida e uma atitude crítica insistente. Outra qualidade sua que atrai o leitor é a linguagem de rara solidez que poucos poetas satíricos conseguiram alcançar. A área demarcada pela temática de Lobo de Carvalho é a da crítica dos costumes sexuais de sua gente e do seu tempo. Defendendo o amor natural, "*Delícias feminis, por quem me babo*", o poeta satiriza os hábitos que fogem a esse âmbito. Sua crítica corrosiva não deixa escapar as putas, nem os cornos, nem os sodomitas, nem as doenças venéreas. Ao ler seus versos, ficamos com a impressão de que a prostituição é o ganha-pão de muita gente da época. As personagens visadas movimentam os poemas com seu desfile de gonorréias, facadas, tramóias, baixezas. Até os conventos (ou principalmente?) do século XVIII são denunciados sem piedade. Apesar dessa crítica decidida, não devemos pensar em Lobo como um moralista, à Gil Vicente, pois saímos de seus versos conscientes de que critica tão bem, principalmente, porque vive nisso mergulhado até o queixo. Fala do que conhece, o ambiente criticado é o meio que ele freqüenta, como atestam os seguintes versos: "*A todas* (putas) *sem excepção conjunto, atesto, / O ter-lhes hoje avante ódio fatal,/ Pois carícias fingidas já detesto*". Sua crítica satírica nos surpreende, não tanto pela mirada aquilina, mas pela capacidade verbal.

A João Xavier de Matos, namorando por grosso e miúdo de quantas mulheres há em Lisboa

SONETO XXV

Apenas vês deixada da costura
Por trás da **adufa**[5] a tímida donzela,
Como um raio, João, com os olhos nela
Lhe encampas reverente uma mesura.

Safa-se a moça, e o pai, que por ventura
Vem chamar o aguadeiro da janela,
Repara então que a filha se acautela
Dessa tua cismática ternura.

Por amante basbaque a bom capricho
Te aponta ao dedo o **ginja**[6] furibundo,
Se é que pronta não tem a pá do lixo;

Casa-te, amigo meu, e logra o mundo;
Que é descanso maior ser corno fixo,
Do que andar putanheiro vagabundo.

À vila de Guimarães, que é a pátria do autor

SONETO LXXVI

Olha tu, Guimarães, das cortes velhas
Nenhuma a primazia te disputa;
Ainda que baixa, és terrinha enxuta,
Onde são bem chuchadas as botelhas.
Panelas, socos, nabos e **cernelhas**[7]
Do país foram sempre a melhor fruta;
Só dos dois animais, o frade e a puta,
Podes ter de **alquiler**[8] três mil parelhas!
Daí vêm os heróis de marca e selo,
Que, indo as honras buscar do chão acima,
Acabam laureados de capelo;
Assim Jove imortal, que os bons estima,
Te ponha a mesma mão pelo cabelo,
Que pôs há tempos em Calhau de Lima.

SONETO XXXI

Fui uma vez de Amor à sacristia,
Que era um quarto interior do Talaveiras,
E vi trinta milhões de alcoviteiras,
Inculcando a safada putarina.
De chichisbéus a tropa ali se via
Encrespando os anéis das cabeleiras,
E descendo-lhe o vinho às algibeiras
Davam cada facada, que estrugia.
O manso corno então se vai embora,
De Albarda o chichisbéu vi, que trabalha
Por servir como burro a uma senhora;
No teto estava Amor de escudo e malha,
Com seis vinténs na mão, e a pica fora
Mijando em toda aquela vil canalha.

Ao Paca do Rio de Janeiro, indo de Lisboa são, do muito gálico que trouxe

SONETO CXXIII

Putaria do sul, gentinha fraca,
Convosco falo, cagaçais do Rio;
Que vendo ao longe as vergas de um navio
Altos vivas cantais ao vosso Paca
    Não tarda muito, vai numa sumaca
    Que, em horror do pirata e do gentio,
    No tope leva um pissalhão de brio,
    Que o vento açouta ao modo de matraca.
Vista a senha, rapai todas a crica,
Que o duro batedor, que nunca enjoa,
Lá no signo de virgo em terra fica;
    Que para esfrega de uma moça boa
    Sararam-lhe os colhões, cresceu-lhe a pica
    Por milagre das deusas de Lisboa.

Contra o furor de Nicolau Tolentino em fazer versos a putas e lacaios

SONETO CXXXII

Se a lira pulsas, ou o pandeiro tocas,
Que o digam os lacaios, mais as putas;
Pois nos teus versos, que por bons reputas,
Sediças **chufas**[9] de arrieiro brocas.
    Se velhas frases de vidrilhos tocas,
    Não honras os heróis, que tu desfrutas;
    A quem ofereces, por canções argutas,
    De podres rimas chochas maçarocas.
Prossegue, Nicolau, na fácil peta;
Que os versos teus são fulminantes raios
Que contra a plebe sacas da gaveta;
    O céu te dê à Musa altos ensaios,
    Porque eu te juro que hás-de ser poeta,
    Enquanto houverem putas e lacaios.

À morte do Canaveta, confeiteiro, que se finou de gálio

SONETO CXXXVII

Aqui jaz galicado (e quem diria
Que tão pouco durasse!) o Canaveta;
Já o rabo estendeu, porque a punheta
Este pedaço de asno aborrecia.
Se acaso a alguém da fanchonice ouvia
Louvar qualquer, ou expressão discreta,
Ardia logo, e à custa da boceta
Por dois bolos que dava e fodia.
Morreu o bruto enfim de mal de amores,
E para horror da crica a sua pele
De exemplo servirá aos fodedores.
Ninguém de putas entendeu mais que ele;
Mas putas pobres, putas de tambores.
Agora aí o têm, caguem nele!

A um sargento-mor de Alcácer, por nome Pedro de tal, que mandava o seu retrato à sua noiva

SONETO CXXXIX

Um olho cor de esponja, outro albacento,
Cinco dentes fronteiros putrefatos,
Casaca veste, e todos os mais fatos
Tudo roupa de preso, assaz nojento.
A peruca, de pêlo de jumento;
A bolsa, ninho de um casal de ratos,
As **tombas**[10] sempre avulsas nos sapatos,
Besuntadas as meias de ungüento.
Este o Pedro primeiro galicado,
Que tem sido da história para adorno
De exército de putas atacado.
Com que, Filis, falemos sem suborno:
Veja você, depois de estar casado,
Se um traste destes deixa de ser corno?

A um frade destes chamados Borras, que descompôs sua mãe por não lhe dar dinheiro que ele queria para levar à sua menina

SONETO CXLIII

"Ah que d'el - rei! Não há quem me socorra!
(Certo frade arreitado à mãe dizia)
"Valha-me a rua Suja, ou Cotovia,
Antes que mártir do tesão eu morra!"
Larga a mãe um tostão ao frade borra,
Mas ele, que acha pouco, assim porfia:
"Veja lá, mãe, se acaso gramaria
Por tão pouco d'argent tão grande porra?"
Fica a santa mulher toda aturdida,
Não tendo nunca visto, nem tocado
Porra tão grossa, porra tão comprida.
Que fará, vendo o filho em tal estado?
Apara papel, toma-lhe a medida,
Vai levar a bitola ao seu prelado.

A certo alferes, cuja mulher tinha mais maridos

SONETO CL

Não me quero calar, senão abafo;
Eu declaro quem és, ó bode humano,
Que da cobiça vil no altar profano
Sacrificando estás de injúrias gafo.
Eu declaro quem és, eu já te estafo,
E com raivosas sátiras te esgano;
Depois mijando em ti, cuco magano,
Deixo os cabrões, e com os tafuis me safo.
Não me posso conter, e sem suborno
Digo que és, dos alferes lixo e borra,
Ó tu, que trazes militar adorno!
Ora quero aprontar antes que morra
Dois mimos: – para ti corno e mais corno;
Para tua mulher porra e mais porra.

Contra o fanchonismo que, invadindo esta corte, ameaçava convertê-la em nova Sodoma

SONETO CLII

Das tartáreas masmorras o Diabo
Trouxe nos cornos a brutal punheta;
Jurando aniquilar com mancha e treta
Delícias feminis, por quem me babo.
Corre Lisboa do princípio ao cabo;
Inspira em corja vil que esquive a greta,
Que ao gosto singular da mama e teta,
Hoje a mão substitua, a bimba, o rabo.
Lavra o prazer bastardo; eis Madragoa,
Eis Taipas, Cotovia em abandono,
Rara pica nas bordas já se assoa;
E perdeu tanto a voga o pobre cono,
Que até certo taful viu em Lisboa
Um gato sodomita, um cão **fanchono**[11]!

Na ocasião em que se mandaram fechar os teatros e se degradaram vários cômicos por queixas de certas fidalgas etc.

SONETO CLIII

Punhetas vis, que saciando as picas
De fanchonos cruéis desenfreados,
Fizestes sobre enormes mil pecados
Que de fome estalassem tantas cricas,
Abrir mais não vereis as bolsas ricas,
Donde sacáveis sempre os bons cruzados,
Nem já vereis com os dedos bezuntados
O puro sémen a correr em bicas.
Reta justiça, que a ninguém perdoa,
Vos virou da fortuna a leve roda,
Este o pregão, que na cidade soa:
"Já dos fanchonos se acabou a moda,
Já lá vão os sacanas de Lisboa,
É mais cara a punheta do que a foda."

A certas senhoritas, moradoras no bairro do autor, todas com nomes esquipáticos

SONETO CLVII

Se acaso vires uma moça linda,
Que por modo de freira é que se trata,
Verbi-gratia, Eufrosina, Fortunata,
Natércia, Clori, Olaia, Femelinda,
Destas, que nosso rol não leram inda,
Branca, Borges, de Metos, ou da Mata,
Que em um escrito põe, sem lhe pôr data,
Quantos trágicos nomes traz Florinda,
Olha atento para ela, que o seu brio
Vai no rabo da escrita, ou no do manto,
Que o demais anda tudo por um fio;
E por que horror te imprima estrondo tanto,
Todo o nome, que acaba de assobio,
É putaria, assim eu fora santo!

A certas moças, que traziam engodados os basbaques, que por elas se deixavam cardar

SONETO CLXVI

Há certas semiputas nesta terra,
A quem lerdos basbaques fazem tolas,
Que vivendo de ganchos e gaiolas,
Às honradas pretendem fazer guerra.
As Dauphnis (por exemplo) andam na **berra**[12]
Entre quatro afetados mariolas,
Que espertos devem ser, mas são patolas,
Que a sagaz cambadinha em vida enterra.
Quem as vê lambisgóias, faladoras,
O chiste já sediço repetindo,
Se é **bolônio**[13], ele crê que são doutoras;
O laberco porém, que está medindo
Quanto dista de putas a senhoras,
Caga nelas, e deles se vai rindo.

A certa moça, chamando velho ao autor, que ainda se não tinha por tal

SONETO CLXVII

Não te escondo a guedelha encanecida,
Nem da rugosa fronte a cor já baça,
Conheço que o meu lustre, a minha graça,
Foi por duros Janeiros destruída.
Confesso, ainda que é já bem conhecida,
Que a idade minha dos cinqüenta passa;
Mas juro que ainda tenho grossa massa,
Qual teso mastaréu a pino erguida.
Se és hidrópica mestra fodedora,
Daquelas que procuram com trabalho
Lanzuda porra, porra aterradora,
Minhas cãs não te sirvam de espantalho;
Põe à prova o teu cono, e sem demora
Verás estão se é velho o meu caralho.

Sendo o autor admitido à presença de uma senhora com quem se propunha a grandes empresas teve afinal de retirar-se in albis, **como se vê do seguinte**

SONETO CLXVIII

Este que vês aqui, formosa dama,
Entre moles testículos pendente,
Já foi em outro tempo raio ardente,
Hoje é pavio, que não solta chama.
Este que vês aqui, já foi o Gama
Dos mares onde navega tanta gente;
Hoje é carcaça velha, que somente
Dos estragos que fez conserva a fama.
Este que vês aqui, foi do trabalho
O maior sofredor (quem tal dissera?)
Hoje de amor é lânguido espantalho.
Este que vês aqui, na ardente esfera,
Já foi flor, já foi luz, já foi caralho;
Mas hoje não é já quem dantes era.

A uma freira, que se fazia sangrar para lenitivo das comichões que sofria nos antípodas da boca

SONETO CLXX

Põe-se a toalha, chega-se a bacia,
A lanceta na mão, pé na água quente,
Assustado o barbeiro, e reverente
Para a freira voltando assim dizia:
"Se dá licença, vossa senhoria...
Pico?..." – Sim, lhe diz ela, e tão valente
Que parecia só estar doente
Por pica lhe faltar naquele dia!
À sangria o barbeiro então se aplica
E cuidando ao picar a freira morra,
Ela lhe diz valente: "pica, pica;
"E verás nesse sangue, quando corra,
Que me fora melhor no que ele indica,
Se em lugar de lanceta fosse porra!"

À regente do recolhimento do Anjo na cidade do Porto, a mais endiabrada mulher que viram os nossos tempos

SONETO CLXXI

Regente do Anjo mau, quão grã-regente
Foras da Neta a seres mais cachopa!
Vem reger, vem, as súditas da Estopa,
Que esse lugar aí não te é decente.
Deixa os tarecos a qualquer servente,
Sarilho e fuso, que isso em pouco topa;
E em chegando ao Arsenal com vento em popa,
Que mais queres que estar com a tua gente?
Que dilúvio de abraços! Que tormenta
De beijos não darão aquelas santas
Nessa tua boquinha fedorenta!
Oh, não queiras tardar! Que às tuas plantas
Só de putas aqui tens mais de oitenta;
Mas em tu vindo crescem outras tantas.

A um figurão mui putanheiro, que em prêmio de suas laboriosas proezas teve a pica decepada

SONETO CLXXII

De foder sujos conos já cansado,
De Almeida apodreceu o membro enorme;
Parou enfim a máquina triforme,
Que tinha imensas cricas arrombado.
Soou por toda a parte o grosso brado
Do tremendo marzapo ingente e informe;
Mas (desgraça cruel!) em cinzas dorme,
Por amolados ferros decotado.
A ver o triste funeral correram
Mais de mil putas, que ao fatal estrago
Cobrindo os olhos com as mãos gemeram.
Temei, casadas, o venal afago!
Olhai que vis **michelas**[14] concorreram
Para ficar de Nise o cono vago.

Diálogo entre um penitente freirático e um confessor casmurro

SONETO CLXXIV

A um fradalhão bojudo e rabugento
Seus crimes confessava um desgraçado,
E entre eles dizia ter pecado
Com uma santa freira num convento.
Grita o frade: "Não tardam num momento
Raios mil que subvertam tal malvado;
Que as esposas de Cristo há profanado
No santo asilo seu, sacro aposento!
"Ora diga, infeliz, como ousaria
Tal crime confessar e ações tão brutas
A Jesus Cristo, lá no extremo dia?..."
"Padre, deixemos pois essas disputas;
Se ele me perguntasse, eu diria:
Quem vos manda, senhor, casar com putas?"

Ao inventor do famoso expediente, que segura a honra dos maridos e a virtude das mulheres

SONETO CLXXV

Maroto vil, que forjas uma chave
Da Mulher para o cofre gadelhudo,
Dize, cafre, tão mau é ser cornudo?
Não é cornuda tanta gente grave?
Aquele órgão somente é duma clave,
Tem um registro só, e um só canudo;
Se as mãos lhe deixas livres para tudo
O mais, que se presume, ela bem sabe.
Vestes-lhe a pança enfim! Bom desenfado;
Por menos foi Acteon, não com degredo,
Com uma torre de cornos castigado.
Ora, amigo, falemos em segredo:
Não lhe ponhas fuzis, nem cadeado,
Põe-lhe o nariz no cu, na crica o dedo.

Actéon, jovem caçador, ao surpreender a deusa Ártemis (Diana) nua no banho foi transformado em um veado, que logo foi despedaçado pelos próprios cães que não o reconheceram.

Frutos do desengano, colhidos na convivência das putas, e patenteados ao mundo no seguinte

SONETO CLXXVI

Putedo de Lisboa, ó gente fraca,
Convosco falo, cagaçais malditos,
Convosco, a quem caralhos infinitos
Têm batido no cu, sem ser matraca;
Vós, que fazeis meiguices qual macaca,
Que suspira uma vez, outra dá gritos;
Vós que fazeis morrer bolsas e espíritos,
Sem que para isso useis punhal ou faca;
A todas sem exceção conjunto, atesto,
O ter-lhes hoje avante ódio fatal,
Pois carícias fingidas já detesto.
Acreditem os homens em geral
Que à risca seguirei quanto protesto,
Pois com putas não gasto já real.

A uma freira do Porto, com quem teve amores na sua mocidade

SONETO CLXXVII

Puta dum corno, dos diabos freira,
Eu me ausento, por mais não aturar-te;
Tu cá ficas, cá podes esfregar-te
Com quem melhor te apague essa coceira;
    Última tu serás, sendo a primeira
    Que de mangar em mim se achou com arte;
    Mas eu nisso mijei, que em toda a parte
    Bem se sabe quem é Clara-Ribeira.
Vai-te surrão, injúria das mulheres,
Vai fornicar na praia, e não se diga
Que não achas colhões quantos quiseres;
    Tanta luxúria os ossos te persiga,
    Que ainda os mesmos bocados que comeres
    Se convertam em porras na barriga.

À mesma

SONETO CLXXVIII

Ah! Quem me dera ao menos um milheiro
De porras de gigante para dar-te,
Para ver se podia assim fartar-te
Esse voraz faminto parrameiro!
    Porém tu queres porras e dinheiro,
    Senão eu só podia contentar-te;
    Dize-me, e pode a tença só chegar-te
    Para comprar veludo um ano inteiro?
Dizem que aos sodomitas lá no Averno
Põem os diabos sobre um alto trono,
Com um caralho no cu de fogo eterno;
    A ti hão-de também pregar-te o mono;
    Ficarás nas profundas do inferno
    Com uma piça de riço nesse cono.

À mesma

SONETO CLXXXI

Que és puta provarei, minha Terência,
Puta e mais puta do que as mesmas putas;
Tu és freira, e aqueloutras, bem que **inuptas**[14] ,
Sequer voto não têm de continência.
        Se elas para mil fodas têm potência,
        Tu em cem mil punhetas as comutas;
        Tu com o frade na grade em seco lutas,
        És putíssima tu, por conseqüência.
Putíssima! Ainda mais; muito bem podes
Levar de reputíssima o letreiro;
Replicas? É melhor que te acomodes.
        Elas levam a porra do brejeiro,
        Do negro, do lacaio, e tu? – tu fodes
        Com o retrato da porra um dia inteiro

À mesma

SONETO CLXXXII

Levantou-se figura ao nascimento
De Terência; o **Alfaqui**[15] que a levantava
Viu que de nuvens negras se formava
Ao longe no ar a forma dum convento.
        De cor de fogo estava o firmamento,
        Um dragão com uma puta fornicava,
        E depois que a função finalizava
Eis aparece logo outro portento.
Surge um mono, que a si faz a sacana;
Um monstro hermafrodita em forma bruta,
Com porra de artifício desumana;
        Do prognóstico à força se reputa
        Ser o frade o dragão, o monstro a **mana**[16] ,
        E ser Terência o mono, mais a puta.

SONETO CLXXIX

Olha, se eu fora a ti, minha Terência,
O meu quarto forrava de **embrechado**[17],
De porras todo, que inda no pintado
Quisera-as ter à minha obediência.
Do Martinho esculpia em toda a ardência
Por trás do leito o membro asselvajado,
E no teto, com vulto desmarcado,
Trinta porras de burro em competência.
De caralhos meãos, e alguma pica
De rapaz, bastaria obra de um saco
Para algum vão, que no embrechado fica;
E entre os bilros do catre num buraco
Mandava pôr, para coçar a crica,
Um par de caralhinhos de macaco.

À mesma, mandando retratar-se pelo Glama, célebre pintor do Porto

SONETO CLXXX

Mandou Terência chamar Glama um dia
Para que o seu retrato lhe fizesse,
Porém que de tal sorte a descrevesse,
Que Vênus desbancasse em bizarria.
O pintor, que o seu gênio conhecia,
Porque o empenho melhor satisfizesse
Pintou-a fornicando; mas parece
Que inda mais expressivo o pretendia.
Vai ele, pinta um frade franciscano,
Vermelho qual um cravo de Arrochela,
Com uma porra maior que o Vaticano;
Pinta a freira adorando-a da janela,
O ***non plus ultra***[18] escrito sobre o cano,
Ad perpetuam rei memoria[19] nela.

Lamentando a desgraça dos freiráticos

SONETO CLXXXIII

Não há maior asneira neste mundo
Do que um homem comer uma punheta
Duma freira, que tem onde se meta
Um caralho bem grosso e rubicundo.
De que serve estar vento o cono imundo,
O pentelho que esconde a torpe greta,
E um dedinho, que roça por tal treta,
Que leite faz lançar pouco e injocundo?
Estar então um basbaque, uma alma bruta
Na pança a dar punhadas com canseira,
Enquanto a porra vê um pouco enxuta...
Ora torno a dizer, é grande asneira;
Pois vale mais foder a mais reles puta
Do que estar vendo as pernas duma freira!

A uma freira do convento de Santa Clara de Beja, por nome D. Eufrásia Margarida, e ao seu baboso e caconço namorado, o capitão Fernão Leite

SONETO CLXXXIV

Em Beja, a dez de Abril, em Santa Clara,
A freira Dona Eufrásia Margarida
À mão do almofariz foi bem moída,
Ralada a bofetões a nédia cara.
Adônis Fernão Leite, que escutara
Os ais que dava a sua mais querida,
Por despicá-la a espada traz despida,
Corre como leão, sendeiro pára.
Por erro o capitão se não despica,
Que o desafio as freiras receberam,
Se ele em vez de **catana**[20] arvora a pica.
Eufrásia tal está qual a puseram;
Fernão parte, e o gazeteiro fica
Meditando as asneiras que se esperam.

Diálogo entre um freguês e uma alcoviteira

SONETO CLXXXV

Truz-truz... Alc. Quem é? Quem bate aí?
Freg. Um homem, que costuma bater lá.
Alc. Como são tantos os que batem cá,
Se não disser quem é, vá-se daí.
    Freg. Pois tu não me conheces? Alc. Nunca o vi;
    Mas se quer dê uma volta, e tornará,
    Que a senhora Teresa agora está
    Com cinco ou seis, a quem a porta abri.
Freg. Com cinco ou seis! Forte **cação**[21] és tu!
E dizia que entrava eu aqui só!
Ah, puta, há-de levá-la Berzabu!...
    Alc. Ah senhor, fale bem, e tenha dó!...
    Freg. Eu cuido em lhe fazer em borra o cu,
    Se tem lá quem lhe faça o cono em pó.

A certa Messalina dos nossos tempos, a quem se pode aplicar o que Juvenal dizia da romana:
"Lassata viris, nec dum satiata recessit".

SONETO CLXXXVI

Essa altiva mulher, cara de borra,
Alta, magra, amarela, tola e feia,
Casada com um ourives que laureia,
Tênue dote comendo à tripa forra,
    Também ninguém duvida que lhe escorra
    Pelas pernas humor de gonorréia;
    É tão puta que diz à boca cheia
    Que jamais se acolheu farta de porra.
Se a não fartou do Braga um caralhote
De vinte, nem de Arrobas um caralho,
Nem outras porras mil, todas de lote,
    Como há-de saciá-la o seu paspalho,
    Que tem uma barriga como um pote,
    Tem a piça menor que um dente de alho?

A certa moça da vida, que ao fim de vinte anos de ofício, dizia haver emprenhado

SONETO CLXXXVII

Vade retro, cação, fúria malvada,
Puta já desde a criação do mundo,
Poço aonde ninguém encontra fundo,
Engana-se quem diz andas pejada.
    Dizem, padeira, que por assuada
    Tens adornado o cono furibundo
    Com sedas de cabrito, e lá no fundo
    Uma pouca de lã mal tonsurada.
Iludes, puta mestra, a gente leiga,
Com o volume que trazes na barriga,
Prometendo futura prole meiga.
    Não há tal, é mentira, e há quem diga
    Que isso é uma barriga de manteiga,
    Farpados restos da baiúca antiga.

À boa e descansada vida que levam os nossos frades-pios, digna de inveja por todas as considerações

SONETO CLXXXVIII

Desde que nasce o sol até que é posto,
Governa o lavrador o curvo arado,
E de anos o soldado carregado
Peleja, quer por força, quer por gosto.
    Cristalino suor alaga o rosto
    Do barqueiro, do remo calejado;
    Do cascavel ao dente envenenado
    Anda o rude algodista sempre exposto.
Trabalha o pobre desde a tenra idade.
O destro pescador lanços sacode
Para escapar da fome à atrocidade;
    Todos trabalham, pois que ninguém pode
    Comer sem trabalhar; somente o frade
    Come, bebe, descansa e depois fode.

CRUZ E SILVA (1731–1799)

Antônio Dinis da Cruz e Silva, como todo poeta árcade, utilizava pseudônimo pastoril. O seu era Elpino Nonacriense. Esteve no Brasil, atuando como juiz no inquérito em torno da Conjuração Mineira. Foi nesse período (1792) que compôs, à semelhança de Ovídio, doze *Metamorfoses* em que canta a natureza brasileira, mitificando-a. A realidade observada é mesclada com imaginação e lenda. A sua melhor e mais famosa obra, no entanto, é o poema herói-cômico O Hissope (1802), considerado por Massaud Moisés "sem igual em vernáculo". Trata-se de uma sátira do espírito feudal, escolástico e clerical.

Hoje, talvez, consideremos pouco violenta essa longa sátira que ridiculariza um clero ignaro, somítico e provinciano, mas ela não foi tolerada pela censura do século XVIII. Cruz e Silva recorre constantemente ao recurso da mitologia. Por isso, junto ao seu grande talento, depara o leitor em suas obras com uma erudição clássica, que muitas vezes torna-se excessiva ao leitor atual. Cruz e Silva trabalha por meio da metáfora discreta, da insinuação e da sugestão, conseguindo freqüentemente um grande equilíbrio estético, como propõe a estética neoclássica.

O HISSOPE (Fragmento)

Era dia de festa e na alta torre
Da grande catedral de vinte sinos
O grave carrilhão, rompendo os ares,
Os fregueses chamava à Grande Missa;
Quando Sua Excelência vigilante,
Montando a grão liteira, em que se via
Com modéstia exemplar Vênus pintada
Sobre um globo de tenros Cupidinhos,
Qual ao mancebo Adônis, ou a Páris,
Na Idália selva já se apresentara,
Para a Sé lentamente se encaminha.
....

EPIGRAMA

À N., que se deleitava com pinturas desonestas e tinha a sua câmara ornada delas

Em vão provocas a lascívia tua
Com a Vênus, Silvrando, que tens nua;
Que a fina lã, que a matizada seda
Em desejos os homens mais enreda.

ODE

Pois que o raivoso
Celeste cão,
Como um leão,
Por fauces, olhos,
Chamas vibrando,
Vem abrasando
A terra e o céu,

Vem a meus braços,
Licóris bela,
E a fera estrela
Deixa que ladre
Em raiva acesa;
Pois que a defesa
Já pronta está.

Essa nevada,
Grão sorveteira
Abre ligeira,
Abre contente;
Que dentro nela,
Ó Ninfa bela,
Tua a verás.

De roxas ginjas
A doce calda,
Do Sol que escalda
Ela defende.
A fria neve,
Que a cerca, em breve
Toda gelou.

Esta bebida
Suave e pura,
Que na doçura
Excede o néctar;
Que da ametista
Oferece à vista
A grata cor;

Só domar pode
Os seus furores.
Bebe, Licóris,
Bebe, e com ela,
Gostosa, enfria
Do ardente dia
O vivo ardor.

Que eu de teu seio,
Nos delicados
Pomos nevados,
Apagarei
A viva chama,
Em que me inflama
Por ti Amor

("Odes Anacreônticas", Poesias)

FILINTO ELÍSIO (1734–1819)

É o pseudônimo árcade do Pe. Francisco Manuel do Nascimento, que liderou o Grupo da Ribeira das Naus contra a Arcádia Lusitana, insistindo em cumprir à risca os pressupostos da estética neoclássica, principalmente quanto à necessidade de imitar os grandes clássicos da Antigüidade greco-latina e os quinhentistas portugueses como Camões e Antônio Ferreira. Filinto Elísio foi mais um dos muitos que precisaram emigrar por causa das idéias, pois, perseguido pela Inquisição em 1778, exilou-se em Paris. Conta a tradição que ele teria sido denunciado em confissão pela própria mãe. As polícias secretas, em todos os tempos, têm sempre muitos e vários informantes.

Não causa surpresa, portanto, que o poeta, que sofreu a pobreza no exílio, associe, em suas sátiras mordazes, a avareza do clero aos costumes imorais dos seus ministros.

SONETO

Nasci – logo a meus pais custou dinheiro
O batismo, que Deus nos dá de graça.
Tive uso de razão – Perdi a graça –
Dei-me ao rol – chegou a Páscoa – dei dinheiro.

Quis casar com uma moça – mais dinheiro.
Brinquei com ela – não brinquei de graça:
Que aos nove meses me custou a graça
Para o Mergulhador capa e dinheiro.

Morreu minha mulher – não lhe achei graça
E menos graça no arbitral dinheiro
Da oferta; que prior não vai de graça.

Se o ser sacristão requer sempre dinheiro,
Como cumprem com dar graças de graça
O que as graças nos vendem por dinheiro?

(Obras completas)

SONETO

Cristo morreu há mil e tantos anos,
Foi descido da cruz, logo enterrado;
Mas até aqui de pedir não têm cessado
Para o sepulcro dele os franciscanos.

Tornou Cristo a surgir entre os humanos.
Subiu da Terra aos Céus, lá está sentado,
E ainda à saúde dele sepultado,
Bebem (o saco o paga) estes maganos.

E cuida quem lhes dá a sua esmola,
Que eles a gastam em função tão pia?
Quanto vos enganais, ó gente tola!

O altar-mor com dois cotos se alumia;
E o frade, com a puta que o consola,
Gasta de noite o que lhe dais de dia.

(Obras completas)

EPITÁFIO

Aqui jaz, mui contente de seu Fado,
    Jacinto Palmeirão;
Que quatro lindas vezes foi casado,
    E quatro foi cabrão.
Casou pobre, e morreu rico e faceira.
Quanto vale ter mulher bela e Loureira!

EPITÁFIO

Duma nádega episcopal

Aqui jaz um tassalho do traseiro
De certo Bispo. Aos seus Diocesanos
Sumo prazer lhes dera (há muitos anos)
Ver junto do tassalho o bispo inteiro.

(Obras completas)

EPIGRAMA

Queixou-se uma noviça ao pai honrado
Que da ordem um tafulão
Lhe tinha quase à força escarapelado
O virgíneo botão:
"Gritaste ao menos contra o agressor,
Misérrima tolinha?" –
(Exclama o ginja, já todo em furor).
"Não, meu pai , não convinha
(Lhe torna a triste) que era pior mal;
Sendo alta noite, tempo mui perigoso
De incomodar o meu provincial,
Que com a abadessa estava no seu gozo."

(Manuscrito da Biblioteca de Cardoso Marta)

NICOLAU TOLENTINO (1740 - 1811)

"Humorista fino, espírito satírico sem indignação nem fel, agudíssimo e feliz no retrato de cenas e costumes da época". Assim é definido o poeta Tolentino pelo crítico Massaud Moisés, que o indica ainda como um verdadeiro cronista da sociedade de seu tempo e um pioneiro na Literatura Portuguesa do humor feito de ironia e chalaça, incitando o riso com facilidade ainda nos tempos atuais. Já o crítico português José Martins Garcia o aponta como um pedagogo rabugento, um descarado adulador dos poderosos, um cético radical.

A produção literária de Tolentino tanto apresenta sátira de costumes, quanto procura fazer humor perante o desconcerto do mundo ou apresentar abjeto elogio de algum nobre.

Seus versos patenteiam-nos uma singular forma de amoralismo: a sua visão do mundo busca nivelar todos os valores que a sociedade preza. José Martins Garcia afirma sobre sua poesia: "Assim, vaidade, moral, virtude, riqueza, guerra, cultura, amor, são para o poeta apenas manias dos homens, revelações ridículas da loucura humana. Se Tolentino adula e satiriza, se pede humildemente para logo lançar o dardo venenoso, é porque está convencido de que as atitudes sociais são puro jogo, que a respeitabilidade é uma máscara. Em seu entender, há que aproveitar tudo isso da melhor maneira. A lisonja, que tantos críticos lhe têm reprovado, não será uma das facetas do seu sentido de humor? A aparente submissão aos valores estabelecidos não é uma das peças fundamentais do discurso humorístico? Talvez Tolentino não tenha convenientemente disfarçado os apontamentos humorísticos dos seus poemas aduladores. A sua lisonja, por excessiva, levanta suspeita.

"É claro que esse problema só se pode formular a partir do conhecimento do 'outro' Tolentino, poeta satírico, o humorista azedo, o eterno descontente com a mesquinhez da sociedade. Tolentino é um poeta do 'econômico', um poeta que deixa o problema financeiro invadir grande parte da sua obra. Se é duvidosa a sua participação em defesa da Zamperini, o fato de o tema dessa polêmica ser a arrematação da cantora torna provável, pelo menos, essa intervenção. Ou seja: o tema seria para Tolentino extremamente sedutor. O lamento de Tolentino, em matéria de dinheiro, abrange com humor até o custo das prostitutas. E a miséria destas, acompanhada de pulgas, causa-lhe um profundo asco: que isto de 'pagar' e ser picado de pulga constitui uma grave injustiça.

"A vida conventual, com seus desregramentos, não escapou à sátira de Tolentino. Aliando a boa mesa aos prazeres da carne, os frades e as freiras são, para o poeta, hipócritas 'bem-aventurados' que conseguiram o que faltava na sociedade secular. Tolentino degrada o erotismo? De certa forma, sim. Mas degrada-o porque, tal como é realizado pela sociedade que o poeta conhece, ele é mais uma das loucuras desta reles humanidade."

OS AMANTES

....

Gentes de mais alta esteira,
Ternos, finos corações,
Que em fechada papeleira
Vão guardando em batalhões
As cartas da sua freira,
Em chegando a condutora,

Que os sacrilégios ateia,
Um destes de gosto chora,
Lambe com respeito a **obreia**[22],
Por ter cuspo da senhora.

Posto na insípida grade,
Em almíscar perfumado,
Todo amor, todo saudade,
Comendo em doce babado
Os sobejos de algum frade,

Ao sublime estilo **guinda**[23]
Sua discrição notória;
A que logo a freira linda,
Revolvendo na memória
Os dois livros da Florinda,

Responde: " Os conceitos sigam
Os holocaustos do altar;
Pois são, e as chamas o digam,
Pedir, quem pode mandar,
Preceitos que mais obrigam!"

Entretanto um **chantre**[24] velho,
A quem a **rodeira**[25] engoda,
E que em fechando o Evangelho
Vai meter dentro da roda
O seu cachaço vermelho,
Freirático por fadário,
Tão guloso como amante,
Condessinhas pelo armário,
E sobre a deserta estante
Manjar branco e o breviário,

Que em pobre filosofia
Sectário da antiga lei,
Os Universais sabia,

E armado do a parte rei
Tudo a eito distinguia,

Arranca oleoso escarro,
Diz á rodeira um conceito
Daqueles que já têm sarro;
Mete os óculos no peito,
Trono de amor e catarro.
....

(Obras completas)

SONETO

A uma dama interessada

Podiam ser felizes meus amores
Quando por oiro o amor não se vendia;
Já de palavras Nize desconfia,
Só crê ou em dinheiro, ou em penhores.

Viu-me assaltado de ânsias e temores
Quando na porta irada mão batia;
Por costume infeliz ela sabia
Que era algum dos cansados acredores.

Foram-se os dias bem-aventurados
Em que só almas grandes, peitos nobres,
Eram do deus de amor agasalhados;

Negro destino hoje preside aos pobres;
Pôs termo a bela Nize aos seus agrados,
Vendo esta bolsa condenada a cobres.

(Obras completas)

SONETO

A carnal tentação desenfreada
que ao sangue quente alta justiça pede,
fez com que eu, embrulhando-me na rede,
subisse de uma puta a infame escada.

Ligeiras pulgas saltam de emboscada
fartando em mim de sangue humano a sede;
arde a vela pregada na parede,
já de antigos morrões afogueada.

Saiu da alcova a desgrenhada fúria
respirando venal sensualidade,
vil desalinho, sórdida penúria:

Muito pode a pobreza e a porquidade;
abati as bandeiras à luxúria
jurei no altar de Vénus castidade.

(Manuscrito da B.N.L. 3792)

SONETO

A Isabel Xavier Clesse, matando o marido com uma ajuda

Que novo invento é este de impiedade
Que extirpar gente vem pela traseira,
E para aproveitar-se da cegueira
Fez pelo olho do cu a atrocidade?

Se a mulher por seu gosto fosse frade,
De S. João de Deus, parca enfermeira,
Com esta vocação de **cristeleira**[26] ,
Mataria os irmãos por caridade.

Mulher, que concebeste tal na bola,
E para abreviar do homem os dias
Meteste o bem-fazer em carambola,

Se tens desejo destas obras pias,
Vai fazer aos herejes esta esmola,
Serás a extirpação das heresias.

(Obras completas)

Quadra

Se me tornar a fiar
De mulheres, na promessa,
Permita Deus que me nasçam
Dez mil cornos na cabeça.

Glosa Dialógica

H = Homem **M** = Mulher

I

M – Deixa essas loucas memórias
Não, não me chames traidora,
H – Não me caustique, Senhora,
Adeus, não me conte histórias.
M – Minhas finezas notórias
Podes hoje acreditar.
H – Como eu cheguei a voltar
Aos enganos seus as costas,
Merecerei feito em postas
Se me tornar a fiar.

II

M – As promessas que eu te fiz,
Ingrato, não te agradavam?
Não diziam que bastavam
Para te fazer feliz?
H – Esses protestos que diz
Se quebrarão bem depressa.
Sim, cruel, porque eu conheça,
Que no ar fundar procura,
Quem funda a sua ventura
De mulheres na promessa.

III

M – Talvez que os repúdios teus
Diminutos chegue a ver,
Talvez se deixem vencer
Dos contínuos rogos meus.
H – Se tal for, permita Deus,
Que em quartos logo me façam,
E os cornos que nunca passam
A testa, ainda sendo agudos,
Para terror dos Cornudos
Permita Deus, que me nasçam.

IV

H – Porém desta jura o mal
Não faz meu casco mais leso,
Pois ele já tem em peso
Todo o campo do Curral.
M – Pode haver loucura igual!
Já o teu génio começa?
H – Pois porque não lhe pareça,
Que nisto de mentiras há,
Apalpe aqui e achará
Dez mil cornos na cabeça.

(Manuscrito da B.N.L. 516)

ZAMPERINEIDA

Pregão que Zamperini faz de si

DÉCIMA

Como a Lisboa achei graça,
Quero de Lisboa ir rica,
E por ver se alguém se pica
Ponho quanto valho em praça:
Quem dá mais por ver se caça

O meu desonesto trato?...
Dou-lhe uma de barato...
Dou-lhe duas, quem se inclina?
Dou-lhe uma mais pequenina...
Ninguém dá mais? Arremato.

(Anônimo)

Cláusula de arrematação

DÉCIMA

Saibam todos quantos virem
Este público instrumento
De contrato, que eu intento
Fazer aos que me servirem:
Que para se divertirem,
Me obrigo desde Janeiro
A dar por um ano inteiro
O cu de graça ao Diabo;
E o que fica ao pé do rabo
A quem me der mais dinheiro.

(Anônimo)

Embargos por parte de um Mylord inglês

DÉCIMAS

1

Por embargos de terceiro,
Senhor, e possuidor,
Contra a ré, o autor Mylord
Diz e provará primeiro:
Que, por muito bom dinheiro,
A conezia, que, em vão,
Rematara de antemão,
A ré lha vendera nua,
E que assim, por não ser nua,
Foi nula a arrematação.

2

Provará que o autor de posse
De tal conezia estava;
Por sinal, que ainda hoje andava
De bem a servir, com tosse;
E a ré sem que razão fosse,
Nulamente e sem respeito,
Privou o autor com efeito
Desta posse, a que é devido
Ser logo restituído,
conforme a todo o Direito.

3

Provará, sem erro haver,
Que a conezia, que estraga,
Ainda não se achava vaga,
Para assim ela a prover;
Nem por ela havia ser

Da conezia, em verdade,
Posta em praça a propriedade;
E o fez estando provida,
Só por ser de outro servida,
Com notória nulidade.

4

Provará que esse instrumento
De contrato é também nulo,
Pois nele dá ela o cu
Do Demo ao merecimento;
Quando do tal cu o intento
Já dado o tinha ao Diabo;
Por isso com menoscabo,
Traz tanto ardor nisso velho,
Que sendo ao pé do besbelho,
Anda com o fogo no rabo.

5

Provará que o deduzido
Neste termo, peremptório,
A todos é bem notório,
E de todos bem sabido.
É fama em todo o sentido,
Pública, firme e maciça,
Não vaga, vã, nem omissa:
Por isso com fundamento
Pede em seu recebimento
Cumprimento de Justiça.

(Anônimo)

Defesa de Zamperini contra duas décimas que saíram contra ela

1

Um poeta desconhecido,
Sem ter de ti dependência,
Por descargo de consciência,
Vem tomar o teu partido;
Com razão aborrecido
De uns versos impertinentes,
Com que línguas maldizentes,
Te querem meter no Inferno,
Sai um Quixote moderno,
Desagravando inocentes.

2

Não vem de paixão amante
A defesa que vereis;
Juro-o pelas santas leis
Da cavalaria andante.
O meu coração constante
Traz há muito outras cadeias;
De adorar a mais alguém;
Nunca um Quixote de bem
Amou duas Dulcineias.

3

Mas ainda que eu fosse tal
Que amor te pudesse ter,
Que vulto havia de fazer
Um amante sem real?
Verias ir o Natal
E de perus como dantes.
Ais, suspiros incessantes
Não são muito boa peça

Para quem traz a cabeça
Abafada de brilhantes.

4

Tenho enfim justificada
A minha pura tenção,
E é chegada a ocasião
De desembainhar a espada.
O objeto da cutilada
São uns tais versos sem graça,
Onde por tua desgraça,
E com público desdouro,
Teu precioso tesouro
Foi arrematado em praça.

5

Tão poucos, senhora, são
Os motivos de querer-te,
Que se quisesses vender-te
Fosse preciso um leilão?
Casta Diana, onde estão
As armações retorcidas,
Castigo das proibidas
Vistas de Asteões traidores?
Já não há cães vingadores
Das donzelas ofendidas!

6

Mas onde me arrebatei
Que, como quem não faz nada,
Mesmo de morrião e espada
Pelo Parnaso atrepei!
Grossa poesia arrotei,
Que ninguém estranhar pode

Que um Quixote quando acode
Pela oprimida inocência,
Se se valer da eloquência
Há-de ser em frase de Ode.

7

E tornando ao começado
Caso, que admirou a gente,
Seja pois o delinquente
Ante mim apresentado.
Ser-lhe-á juramento dado,
Sobre as cruzes desta espada,
De nunca mais, com a danada
Língua, que honras atropela,
Manchar a triste donzela,
Pena de lhe ser cortada.

8

Mas ainda aqui não parou,
Andou para trás dois furos,
E nos penetrais escuros
Confiadamente entrou:
Finas cambraias alçou,
Descobriu teu branco rabo,
Fez vistoria, e no cabo,
Lança a sentença imprudente
De ser entregue o inocente
Entre as garras do Diabo.

9

Eu não sei os meios pôr
De vingar injúria tal;
Confesso que em caso igual
Nunca fui mantenedor.

Traz nosso mestre e Doutor
Dom Quixote mil loucuras;
Traz gigantes e as figuras
Que lhe deram fama e glória;
Mas não acho em toda a história
Semelhantes aventuras.

10

Porém, se deve a sentença
Ter com o crime proporção,
Vá dar a satisfação
No próprio lugar da ofensa;
Chegue do cu à presença
(Coisa que eu lhe não invejo),
Mostre sincero desejo
De ser dele perdoado,
E fique o crime expiado
À força de muito beijo.

11

Sítio, que a modéstia veda,
Sítio de honor e injúria,
Donde a esfaimada luxúria
As ávidas mãos arreda,
Dispensa se me conceda
De assistir a tal desfeita.
Do vencido a paz aceita;
Que eu cá verei retirado,
Porque ainda que andes lavado,
Sempre és lugar de suspeita.

....

(Nicolau Tolentino)

JOSÉ AGOSTINHO DE MACEDO (1761 – 1831)

José Agostinho de Macedo destacou-se entre os demais poetas do seu tempo pela fama de briguento. Por isso, foi expulso da Ordem de Santo Agostinho em 1792, catorze anos depois de sua profissão. Manteve famosa polêmica com Bocage, que para contestar-lhe compôs sua célebre sátira "A Pena de Talião". Macedo deve ter sido padre mais por acaso do que por vocação. Macedo foi um destruidor do mundo e um terror das pessoas com sua violenta língua viperina. No gênero satírico foi o maior perito da baixaria, investindo às cegas como touro enraivecido, aniquilando pelo simples prazer de arrasar.
Macedo era reacionário (quando amaldiçoa Napoleão, não pensa com certeza nos mortos, mas no fato de ter trazido o liberalismo), teimoso, sem papas na língua, satirizando seus inimigos sem se importar com os fundamentos da crítica. Um terreno em que Macedo se sente como urubu no céu: o das polêmicas. Como *crítico* literário, no entanto, o padre poeta demonstra conhecer pouco de literatura. Por isso mesmo, talvez, o padre Macedo demonstre saber tudo sobre todos os assuntos. Sua petulância levou-o à difícil tarefa de escrever um longo poema épico, O Oriente, que superaria a odisséia de Camões e corrigiria seus erros. Tedioso e baixo o resultado. Ainda preferimos os erros geniais do grande poeta aos pretensos acertos do poeta sem talento.

OS BURROS (fragmentos)

Poema herói-cômico, satírico

CANTO SEGUNDO

....

Matriculada turba aos lares torna
A encher de trampa os botequins de Lysia,
Onde mestres em nada se repimpam,
Afogando em cigarro e ponche os dias,
E, rivais dos cações, passando as noites
No Rossio deserto e Arcada escura.
Ou em vaza-barris com a borla dando,
Pendente ao lado a virginal catana,
De fitinha encarnada, azul jaqueta,
Em tropa cavalar se embandeiraram
E o torto Frade Grilo embonecado,
Com a banda no cu, com pós na **trunfa**[27],
Nas putas vai montar guarda os uniformes
Depondo, enfim, colegial sotana

Requer em galardão, sem que do peito
(Mania eterna!) o mocho se desate.
Eis em que pára a antiga Academia,
Depois que a mãe Sandice o cu **tanchara**[28]
Nas cristalinas águas do Mondego,
Transformando o museu num cagatório,
E mudado o anatômico **escalpelo**[29]
Em pena gazetal, que asneiras verte.

....

CANTO TERCEIRO

....

" com conjuro infernal, da Ilha encoberta,
" Eu fiz que se viesse o rei com barbas,
"Que as causas dando da demora longa,
"Mostrou três calos na direita planta;
"Nos colhões virginais três hérnias tinha,
"Onde lhe pôr emplastro emoliente
"Abadessa das Mónicas, serpente
"Um tempo puta, agora alcoviteira,
"Que concilia ríspidas vontades,
"Que promove o prazer, que ela já teve;
"Que se enternece de escutar na porta
"Os ais dengosos do cação, que as fraldas
"Ergue, e derrete prepotente frade,
"Mono em luxúria e no juízo besta.

....

CANTO QUINTO

....

Lá vai num carro o ditador dos Tigres,
Que ia deixando a França sem franceses!
Lá vai co'a tromba e queixos amolgados

Robespierre o bom; olha o carrasco
Como contente está, como estirado
De barriga no chão deixa o marmanjo,
Mostrando a frente ao povo soberano,
Que se deixa albardar de mais quinhentos,
Com cinco pais da pátria, os Ditadores.
Olha este medalhão com dois focinhos:
Este é Barras, aquele Josefina,
Puta enjeitada, que vai ser esposa
Do teu e meu Bonapartinho alferes;
Se cresce na patente, em cornos cresce,
General dos cabrões, chefe de harpias.

....

CANTO SEXTO

....

Junto à rua da Praga, um vasto existe
Enorme casarão, deserto, escuro;
Entre as velhas do bairro é fama antiga
Que ali se viu no século das bruxas
Entrar barbudo e fedorento bode;
Vinte e seis cornos retorcidos tinha,
O cu mui largo e fundo, mui comprida
Com grandes bolas, rígida tarracha.
Na hora em que os capuchos acordando,
A espiga a prumo têm, das sujas coxas
Levantando o burel côvado e palmo,
E formando da manta alta barraca,
Com o grão badalo excomungado atroam,
Ora acima, ora abaixo a noite e o povo,
É fama que em cardume as bruxas todas
Com o bode mestre sinagoga tinha,
Que dele saiu prenhe e pariu gêmeos
A Regente do Rego, a Margarida,
Coirão que um burro acarretava outrora

Do caldas ao dinheiro e mais às sopas,
Das convertidas mãe, das putas mestra.
Todas do bode refrescadas, iam
Daqui voando às chaminés das casas
Pelas piquinhas e chupar meninos.

....

O Cônego Azevedo, o sodomita,
Ante o qual nenhum cu passou seguro,
Eugênio Mentecuculi e Turena
Dos **aréus**[30] coimbrões, que asneira mestra,
Ou quixotada na infeliz Leiria,
Em busca bem fazer dos marenguistas.
Mudou-lhe a sorte a farda em peles brancas,
E conservando a natural espada
Roliça, grossa, empertigada e tesa,
Tudo a eito passou. Se os Dardanelos
Se mudassem em cu, rompia o burro;
De tal calibre, e violência tanta,
Era o medonho obus de carne humana!
Té que um sargento intrépido e membrudo
Do ataque se zangou; da durindana
Puxa e, zurzindo a tonsurada besta,
Nos olhos lha quebrou, e em Rilhafoles
Por meses três convalesceu da tunda.
Encangalhado no barbeiro aos zurros
Com o sesso em carne viva, em quente sangue
Vão dar com ele os repugnantes frades;
Julgam que é Satanás no inferno aberto
Que o barbeiro infeliz leva no espeto
A assar vivente na fogueira eterna.
Tapam com as mãos o cu, com as mãos os olhos,
Mil exorcismos com ferventes preces
Àquele alforge indespegável fazem;
Mas a estaca não torce, e não se arranca,
Sem que os dois odres se despejem todos.
Foge o barbeiro com o clister nas tripas,

E os frades vão-se atônitos das roscas
Que encolhendo-se ao ar fazia o membro.
A par lhe vai sutil Castelo Branco,
Da defunta Arriaga outrora cria,
O do eterno sermão, da intriga eterna;
De Corpus na função (que herói de Jena
Fez cagar nos calções) fugindo a trote,
De três coirões se alapardou na escada.
Com miserável voz, gritando "acudam,
"Sou Cônego da Sé, bom patriota".

....

"Ele o blasfemo, um lambaz parece
Na casaca, chapéu, calção, sapato,
Porém de um olho tão sagaz, tão vivo,
Que por fora está vendo o que sois dentro;
Que a todos vos chamou burros de casta
(E não se engana o pérfido!) e acrescenta
Que quase todos sois filhos da puta.
Ainda o ladrão diz mais, diz que sois tolos;
"Até parece que convosco vive,
Pois barrascos vos chama à boca cheia;
Dos nossos podres, e dos podres todos,
Tem registo universal o monstro.
Não saberá pregar, mas sobre os nomes
Das putas e coirões assinaladas,
Que dos confins do lusitano império
Vão por membros e membros repassadas
Do hospital esfaimado ao cemitério.
Vai com ar austero e bordão na destra,
Com sapato lambão pisando as ruas,
Cura de aldeia na figura e traje,
E no esguio chapéu sebastianista;
Porém ronha até ali! Bispando ao longe
Um membro fêmea das famílias nossas,
De urso felpudo com um gibão vestido,
E por cima um filó bordado e fino,

Que cobre e descobre o seio e as mamas,
De roxos lírios caça pouco avara,
Ou, falemos mais claro, um vestidinho,
Que entre as pernas metido, à proa mostra
Da pentelheira cabeluda a sombra,
E da popa, ou do cu divide o rego,
Acotovela, com risinho amargo,
Algum da súcia sempiterna dele,
E diz com aquela voz (sátira e raio)
– Como vai grave a Cônega Fulana?"

....

(Manuscrito da Biblioteca de Cardoso Marta)

BOCAGE (1765 – 1805)

Manoel Maria Barbosa du Bocage tomou o seu primeiro nome e, através de um anagrama, compôs o pseudônimo Elmano, acrescentando-lhe à guisa de sobrenome; Sadino, nome criado a partir do rio Sado, associado ao seu local de nascimento. Teria, assim, sido o único caso de pseudônimo original e criativo dentro daquela generalização de pseudônimos forçados e superficiais do seu tempo.
Bocage aproxima-se de Camões em diversos aspectos, como ele mesmo declara em um de seus poemas: "Camões, grande Camões, quão semelhante / acho teu fado ao meu, quando os cotejo!" Foi poeta e boêmio, viajou muito (esteve na Índia e no Rio de Janeiro), ingressou na carreira militar, sofreu naufrágio, teve muitos amores e conheceu o desgosto da cadeia.
A causa da prisão foram uns versos do poema que ficou mais conhecido pelo título "Pavorosa ilusão da eternidade", propiciando sete meses de reclusão nos cárceres da Santa Inquisição.
Embora tenha composto poemas tipicamente árcades, Bocage também criou poemas religiosos, pedindo perdão a Deus, pela vida dissoluta, e poemas em que se identifica com a noite, com a tristeza, com a desesperança, fugindo ao convencionalismo árcade.
Bocage é capaz duma poesia erótica libertadora, exaltada e delicada, chegando a tangenciar a pureza (cf. as epístolas de Alzira a Olinda e o fragmento da "Pavorosa ilusão" que aqui reproduzimos). Ao mesmo tempo, porém, é autor de versos debochadamente pornográficos (cf. "A Ribeirada", o poema dedicado à Manteigui e famosos sonetos, como o que assim termina:

"Aqui dorme Bocage, o putanheiro;
Passou vida folgada e milagrosa:
Comeu, bebeu, fodeu sem ter dinheiro.").

PAVOROSA ILUSÃO DA ETERNIDADE (fragmento)

....

Não profanes, sacrílego, não manches
Da eterna divindade o nome augusto.
Esse, de quem te ostentas tão valido,
E Deus do teu furor, Deus do teu gênio;
Deus criado por ti, Deus necessário
Aos tiranos da terra, aos que te imitam,
E àqueles que não crêem que Deus existe.
Neste quadro fatal bem vês, Marília,
Que, em tenebrosos séculos envolta,
Desde aqueles cruéis, nefandos tempos,
Dolosa tradição correu aos nossos.
Do coração, da idéia, ah! desarraiga
De astutos mestres a falaz doutrina,

E de crédulos pais preocupados
As quimeras. Visões, fantasmas, sonhos.
Há Deus; mas Deus de paz, Deus de piedade,
Deus de amor, pai dos homens, não flagelo;
Deus que às nossas paixões deu ser, deu fogo,
Que só não leva a bem o abuso delas,
Porque a nossa existência não se ajusta,
Porque inda encurta mais a curta vida.
Amor é lei do eterno, é lei suave;
As mais são invenções; são quase todas
Contrárias à razão e à natureza,
Próprias do bem dalguns e ao mal de muitos.
Natureza e razão jamais diferem,
Natureza e razão movem, conduzem
A dar socorro ao pálido indigente,
A pôr limite às lágrimas do aflito
E a remir a inocência consternada,
Quando nos débeis, magoados pulsos
Lhe roxeia o vergão de vis algemas.
Natureza e razão jamais aprovam
O abuso das paixões, aquela insânia
Que pondo os homens a nível dos brutos,
Os infama, os deslustra, os desacorda.
Quando a nossos iguais, quando uns aos outros
Traçamos fero dano, injustos males,
Em nossos corações, em nossas mentes
És, ó remorso, o precursor do crime;
O castigo nos dás antes da culpa,
Que só na execução do crime existe,
Pois não pode evitar-se o pensamento.
É inocente a mão que se arrepende.
Não vêm só dum princípio ações opostas,
Tais dimanam de um Deus, e tais do exemplo,
Ou do cego furor, moléstia d'alma.
Crê pois, meu doce bem, meu doce encanto,
Que te anseiam fantásticos terrores,
Pregados pelo ardil pelo interesse

Só de infestos mortais na voz, na astúcia.
A bem da tirania está o inferno,
Esse que pintam báratro de angústias
Seria o galardão, seria o fruto
Das suas vexações, dos seu embustes,
E não pena de amor, se inferno houvesse.
Escuta o coração, Marília bela,
Escuta o coração, que te não mente;
Mil vezes te dirá: "Se a rigorosa
Carrancuda opressão de um pai severo
Te não deixa chegar ao caro amante
Pelo perpétuo nó que chamam sacro,
Que o bonzo enganador teceu na idéia,
Para também de amor dar leis ao mundo;
Se obter não podes a união solene,
Que alucina os mortais; por que te esquivas
Da natural prisão, do terno laço
Que em lágrimas, em ais te estou pedindo?
Reclama o teu poder e os teus direitos
De justiça despótica extorquidos.
Não chega aos corações o jus paterno,
Se a chama da ternura os afogueia.
Eia pois, do temor sacode o jugo,
Acanhada donzela, e no teu pejo,
Destra iludindo as vigilantes guardas,
Pelas sombras da noite, a amor propícias,
Demanda os braços do ansioso Elmano;
Ao risonho prazer franqueia os lares.
Consista o laço na união das almas;
Do ditoso himeneu as venerandas,
Caladas trevas testemunhas sejam;
Seja o ministro amor, a terra o templo,
Pois que o templo do Eterno é toda a terra.
Entrega-te depois aos teus transportes,
Os opressos desejos desafoga,
Mata o pejo importuno; incita, incita
O que só de prazer merece o nome.

Verás como, envolvendo-se as vontades,
Gostos iguais se dão e se recebem.
Do júbilo há-de a força amortecer-te,
Do júbilo há-de a força aviventar-te,
Sentirás suspirar, morrer o amante,
Com os teus confundir os seus suspiros,
Hás-de morrer e reviver com ele.
De tão alta ventura, ah! não te prives!
Ah! não prives, insana, a quem te adora!"
Eis o que hás-de escutar-lhe, ó doce amada,
Se à voz do coração não fores surda.
De tuas perfeições enfeitiçado,
Às preces que te envia eu uno as minhas.
Ah! faze-me ditoso e sê ditosa.
Amar é um dever, além de um gosto,
Uma necessidade, não um crime,
Qual a impostura horríssona pregoa.
Céus não existem, não existe inferno.
O prémio da virtude é a virtude.
É castigo do vício o próprio vício.

RIBEIRADA

POEMA EM UM SÓ CANTO

Argumento

Quando o preto Ribeiro entregue ao sono
Jazia, lhe aparece o deus **Priapo**[31] :
E com uma das mãos por ser fanchono,
Lhe agarra na cabeça do marzapo;
Oferece-lhe depois um belo cono,
Cono sem cavalete, gordo e guapo.
Casa o preto, e a mulher, por fim de contas,
Lhe põe na testa retorcidas pontas.

CANTO ÚNICO

I

Ações famosas do fodaz Ribeiro,
Preto na cara, enorme no mangalho,
Eu pretendo cantar em tom grosseiro,
Se a musa me ajudar neste trabalho;
Pasme absorto escutando o mundo inteiro
A porca descrição do horrendo malho,
Que entre as pernas alverga o negro bruto
No lascivo apetite dissoluto.

II

Ó musa galicada e fedorenta!
Tu, que às fodas de Apolo estás sujeitas,
Anima a minha voz, pois hoje intenta
Cantar esse mangaz que a tudo arreita;
Desse vaso carnal que o membro aquenta,
Onde tanta langonha se aproveita,
Um chorrilho me dá, ó musa obscena,
Que eu com rijo tesão pego na pena.

III

Em Tróia, de Setúbal bairro inculto,
Mora o preto castiço, de quem falo,
Cujo nervo é de sorte e tem tal vulto,
Que excede o longo espeto de um cavalo;
Sem querer nos calções estar oculto,
Quando se entesa o túmido badalo,
Ora arranca os botões com fúria rija,
Ora arromba as paredes quando mija.

IV

Adorna hirsuto ríspido pentelho
Os ardentes colhões do bom Ribeiro,

Que são duas maçãs de escaravelho,
Não digo na grandeza, mas no cheiro;
Ali piolhos ladros tão vermelho
Fazem com dente agudo o pau leiteiro,
Que o cata muita vez; mas ao tocar-lhe
Logo o membro nas mãos entra a pular-lhe.

V

Os maiores marzapos do universo
À vista deste para trás ficaram,
E do novo Martinho em prosa e verso
Mil poetas a porra descantaram;
Quando ainda o cachorro era de berço
Umas moças por graça lhe pegaram
Na pica já taluda, e de repente
Pelas mãos lhes correu a grossa enchente.

VI

De Polifemo o nervo dilatado,
Que intentou escachar a Galatéia,
Pelo mundo não deu tão grande brado
Como a porra do preto negra e feia,
Da Cotovia a bando galicado
Com repeito mil vezes o nomeia,
E ao soberbo estardalho do selvagem.

VII

O longo e denso véu da noite escura
Das estrelas bordado já se via,
E em rota cama a horrenda criatura
Os tenebrosos membros estendia,
Do caralho a grandíssima estatura
C'os lençóis encobrir-se não podia,
E a cabeça fodaz de fora pondo
Fazia sobre o chão medonho estrondo.

VIII

Os **ladros**[32], que fiéis o acompanhavam
A triste colhoada a cada instante,
Com agudos ferrões lha traspassavam,
Atormentando a besta fornicante;
Na duríssima pele se entranhavam,
Suposto que com garra penetrante
O negro dos colhões a muitos saca,
E o castigo lhes dá na fera unhaca.

IX

Tendo o cono patente no sentido,
Na barriga o tesão lhe dava murros,
E de ativa luxúria enfurecido
Espalhava o cachorro aflitos urros;
Com a lembrança do vaso apetecido
O nariz encrespava como os burros,
Até que em vão berrando pelo cono,
De todo se entregou nas mãos do sono.

X

Já roncando os vizinhos acordava
lascivo animal, que representa
Com o motim pavoroso que formava,
Trovão fero no ar, no mar tormenta;
Com alternados couces espancava
Da pobre cama a roupa fedorenta,
Que pulgas esfaimadas habitavam,
E de mil cagadelas matizavam.

XI

Eis de improviso em sonhos lhe aparece
Terrífica visão que um braço estende
E pela grossa carne que lhe cresce

Debaixo da barriga ao negro prende;
Acorda, põe-lhe os olhos, e estremece
Como quem ao terror se curva e rende;
Com o medo que tinha, a porra ingente
Se meteu nas encolhas de repente.

XII

Do tremendo fantasma a testa dura
Dois retorcidos cornos enfeitavam,
E, debaixo da pança, a mata escura
Três disformes caralhos ocupavam;
O sujo aspecto, a feia catadura,
Os rasgados olhões iluminavam;
E na terrível desra o torpe espectro
Empunhava uma porra em vez de cetro.

XIII

Ergue a voz, que as paredes abalava,
E com a força do alento sibilante
Mata a pálida luz, que a um canto estava,
Um plúmbeo castiçal agonizante:
"Ó tu, rei dos caralhos (exclamava)
Perde o medo que mostras no semblante,
Que quem hoje te agarra no marzapo
É de Vênus o filho, o deus Priapo.

XIV

"Vendo a fome cruel do parrameiro,
Que essas negras entranhas te devora,
De putas um covil deixei ligeiro,
Por fartar-te de fodas sem demora;
Consolarás o rígido madeiro
Numa fêmea gentil, que perto mora,
Mas não lho metas todo, pois receio
Que a possas escachar de meio a meio."

XV

Disse; e o negro da cama velozmente
Para beijar-lhe os pés se levantava,
Mas tropeça num banco, e de repente
No fétido bispote as ventas crava;
Não ficando da queda mui contente
Com uma gota de mijo à pressa as lava;
E, acabada a limpeza, a voz grosseira
Ao númen dirigiu desta maneira:

XVI

"Socorro de famintos fodedores,
Propícia divindade que me escutas!
Tu consolas, tu enches de favores
O mestre da fodenga, o pai das putas;
Viste que, do tesão curtindo as dores,
Travava com um lençol, imensas lutas,
E baixaste ligeiro, como noto,
A dar piedoso amparo ao teu devoto.

XVII

"Enquanto houver tesões, e enquanto o cono
For de arreitadas picas lenitivo;
Sempre hei-de recordar-me, alto patrono,
De que és de meus gostos o motivo;
Pois me dás glória no elevado trono,
E já, como o veado fugindo
Que o caçador persegue, eu corro, eu corro
A procurar as bordas, por quem morro."

XVIII

Deteve aqui a voz o rijo acento,
Que dos trovões o estrépito parece,
E logo diante os olhos num momento
A noturna visão desaparece;

Deixa Ribeiro o sórdido aposento,
Que de antigos escarros se guarnece;
E nas tripas berrando-lhe o demônio
Corre logo a tratar do matrimônio.

XIX

O brando coração da fêmea alcança
Com finezas, carícias e desvelos,
A qual sobre a vil cara emprega e lança
(Tentação do demônio!) os olhos belos;
O fodedor maldito não descansa
Sem ver chegar o dia, em que os marmelos,
Que tem junto do cu, dêem cabeçadas
Entre as cândidas virilhas delicadas.

XX

Chega o dia infeliz (triste badejo!
Mísera crica! Desditoso rabo!)
E ornado o rosto de um purpúreo pejo
Une-se a mão de um anjo à do diabo;
Ardendo o bruto em férvido desejo
Unta de louro azeite o longo nabo,
Para que possa entrar com mais brandura
A vermelha cerviz faminta e dura.

XXI

Principia o banquete, que constava
De dois gatos, achados num monturo,
E de raspas de corno, de que usava
Em lugar de pimenta o preto impuro;
Em sujo frasco ali se divisava
Turva água-pé; fatias de pão duro
Pela mesa decrépita espalhadas
A fraca vida perdem às dentadas.

XXII

Depois de ter o esposo o bucho farto,
Abrasado de amor na ardente chama,
Foge com leves passos para o quarto,
Ao colo conduzindo a bela dama;
Pelas ceroulas voraz lagarto
A genital enxúndia já derrama;
Só por ver da consorte o gesto lindo
Inda antes de foder já se está vindo!

XXIII

Jazia o velho tálamo num canto
Onde de pulgas esquadrão persiste,
Para teatro ser do aflito pranto
Que havia derramar a esposa triste;
Ó noite de terror, noite de espanto,
Que das fodas cruéis o estrago viste!
Permite que com métrica harmonia
Patente ponha tudo à luz do dia.

XXIV

Ergue-lhe a saia o renegado amante,
*E*stira-se a consorte ágil e pronta;
E ele a seta carnal no mesmo instante
Ao parrameiro mísero lhe aponta;
Com um só beijo do membro palpitante
Ficou subitamente a moça tonta,
E julgou (tanto em fogo ardia o nabo!)
Que encerrava entre as pernas o diabo.

XXV

Prossegue o desalmado; mas a esposa
Que não pode aturar-lhe a dura estaca,
Dando voltas ao cu muito chorosa
Com jeito o membralhão das bordas saca,

Ele irado lhe diz, com voz queixosa:
"Não és uma mulher como uma vaca?
Porque fazes traições, quando te empurro
O mastro? Quando vês que gemo e zurro?"

XXVI

Então cheio de raiva aperta o dente,
E na gostosa, feminil masmorra,
Alargando-lhe as pernas novamente,
Com estrondosos ais encaixa a porra;
Ela, que já no corpo o fogo sente
Do marzapo, lhe diz: "Queres que eu morra?
Tu não vês que me engasgo e que estou rouca,
Porque o cruel tesão me chega à boca?

XXVII

"Ah! deixa-me tomar um breve alento,
Primeiro que rendida e morta caia..."
Mas ele na foda é um jumento,
Não tem dó da mulher, que já desmaia;
Sentindo ser chegado o fim do intento,
Do ranhoso licor lhe inunda a saia,
Porque dentro do vaso não cabia
A torrente que rápida corria.

XXVIII

De gosto o vil cachorro então se baba,
E vendo que a mulher calada fica,
"Consola-te (exclamou) que já se acaba
Esta fome voraz da minha pica."
E com muita risada então se gaba
De lhe ter esfolado a roxa crica;
Mas ela grita, ardendo-lhe o sabugo:
"Ora que casasse eu com um verdugo!

XXIX

"Fora, fora cachorro, não te aturo,
Que me feres as bordas do coninho!"
E com desembaraço um teso e duro
Bofetão lhe arrumou pelo focinho.
Tomou em tom de graça o monstro escuro
A afrontosa pancada, e com carinho
Disse para a mulher: "Brincas comigo?
Pois torno-te a foder, por teu castigo".

XXX

Estas vozes ouvindo a desgraçada
De repente no chão cair se deixa;
E, temendo a mortífera estocada,
Ora abre os tristes olhos, ora os fecha;
Com suspiros depois desatinada
Da contrária fortuna ali se queixa,
Até que ele lhe diz, com meigo modo:
"Levanta-te do chão, que não te fodo".

XXXI

Alma nova cobrou, qual lebre aflita,
Que das unhas dos cães se vê liberta;
E apalpando a conaça (oh que desdita!)
Mais que boca de barra a encontra aberta;
Mas consola-se um pouco, e já medita
Em fugir da ruína, que é tão certa,
E em vingar-se do horrível Brutamonte,
Ornando-lhe de cornos toda a fronte.

XXXII

Tem conseguido a bárbara vingança
A traidora mulher, como queria;
E o negro com paciência branda e mansa
Sofrendo os cornos vai de dia em dia;

Bem mostra no que faz não ser criança,
Que de nada o rigor lhe serviria;
Porque, se uma mulher quiser perder-se,
Até feita em picado há-de foder-se.

XXXIII

Agora vós, fodões encarniçados,
Que julgais agradar às moças belas
Por terdes uns marzapos que estirados
Vão pregar com os focinhos nas canelas,
Conhecereis aqui desenganados
Que não são tais porrões do gosto delas;
Que lhes não pode, enfim, causar recreio
Aquele que passar de palmo e meio.

SONETO II

Lá quando em mim perder a humanidade
Mais um daqueles que não fazem falta,
Verbi-gratia[33] – o teólogo, o peralta,
Algum duque, ou marquês, ou conde, ou frade;

Não quero funeral comunidade,
Que engrole sub-venites em voz alta;
Pingados gatarrões, gente de malta,
Eu também vos dispenso a caridade.

Mas quando ferrugenta enxada idosa
Sepulcro me cavar em ermo outeiro,
Lavre-me este epitáfio mão piedosa:

"Aqui dorme Bocage, o putanheiro;
Passou vida folgada e milagrosa:
Comeu, bebeu, fodeu sem ter dinheiro."

SONETO III

Esse disforme e rígido porraz
Do semblante me faz perder a cor;
E assombrado de espanto e de terror
Dar mais de cinco passos para trás;

A espada do membrudo Ferrabrás
Decerto não metia mais horror;
Esse membro é capaz até de pôr
A amotinada Europa toda em paz.

Creio que nas fodais recreações
Não te hão-de a rija máquina sofrer
Os mais corridos, sórdidos cações;

De Vênus não desfrutas o prazer,
Que esse monstro, que alojas nos calções,
É porra de mostrar, não de foder.

SONETO IV

Num capote embrulhado, ao pé de Armia,
Que tinha perto a mãe o chá fazendo,
Na linda mão lhe fui (oh céus) metendo
O meu caralho, que de amor fervia.

Entre o susto, entre o pejo a moça ardia;
E eu solapado os beiços remordendo,
Pela fisga da saia a mão crescendo
A chamada sacana lhe fazia.

Entra a rir-se a menina... Ah! que vergonha!
"que tens?" – lhe diz a mãe sobressaltada;
Não pode ela encobrir na mão langonha.

Sufocada ficou, a mãe corada;
Finda a partida, e mais do que medonha
A noite começou de bofetada.

SONETO V

No canto de um venal salão de dança
Ao som de uma rebeca desgrudada,
Olhos em alvo, porra arrebitada,
Bocage, folgazão, rostia o França.

Este, com mogigangas de criança,
Com a mão pelos evos encrespada,
Brandia sobre a roxa fonte alçada
Do assanhado porraz, que quer lambança.

Veterana se faz a mão bisonha;
Tanto a tempo meneia e saiu o bicho,
Que em Bocage o tesão vence a vergonha.

Quis vir-se por luxúria, ou por capricho;
Mas em vez de acudir-lhe alva langonha
Rebenta-lhe do cu merdoso esguicho.

SONETO XIII

É pau, e rei dos paus, não marmeleiro,
Bem que duas gamboas lhe lobrigo;
Dá leite, sem ser árvore de figo,
Da glande o fruto tem, sem ser sobreiro;

Verga, e não quebra, como o zambujeiro;
Oco, qual sabugueiro, tem o umbigo;
Brando às vezes, qual vime, está consigo;
Outras vezes mais rijo que um pinheiro;

À roda da raiz produz carqueja,
Todo o resto do tronco é calvo e nu,
Nem cedro, nem pau-santo mais negreja!

Para carvalho ser falta-lhe um u;
Adivinhem agora que pau seja,
E quem adivinhar meta-o no cu.

CARTAS DE OLINDA E ALZIRA (fragmentos)

Epístola IV

ALZIRA A OLINDA

....

Ah! deixa, Olinda, deixa que alardeiem
Virtude austera hipócritas infames:
Sabe que, enquanto amor horrível pintam,
Enquanto aos olhos teus assim o afeiam,
De uma amante venal nos torpes braços
Vão esconder transportes, que os devoram,
E, por castigo seu, somente gozam
Emprestadas carícias, vis afagos.
Mas quando assim os homens dissimulam,
Para dissimulares te dão direito:
Finge, como eles; ama e lho disfarça;
Que é mais um gosto amar às escondidas,
Afeta embora, afeta sisudeza
Já que afetar te obrigam, e em segredo
De instantes enfadonhos te indeniza;
Zomba dos seus ardis, e estratagemas:
Dize, entre os braços de um amante caro,
Que mais crédulos são, do que te julgam,
Se crêem nos laços seus aprisionar-te.
Se os deleites de amor são só delitos
Quando sabidos são, com véu mui denso
A perspicazes olhos os encobre:
Vinga-te desses, que abafar procuram
As doces emoções que na alma sentes.
São estes os conselhos de uma amiga
Que os bens te anela, que ela saboreia.
Sabe, por fim, que quanto mais retardas
Tão ditosos momentos, sem gozá-los,
Quanto mais tempo perdes ociosa
Sem às vozes de amor ser resignada,

Tanto mais tempo tens de lastimar-te
Por não tê-lo em amar aproveitado.

Epístola VI

ALZIRA A OLINDA

....

Foi neste estado de incerteza e inércia
Que Alcino desposei; oculta força
Me impelia a adorá-lo, não sabendo
De deleites que fonte inexaurível
Se ia abrir para mim entre seus braços.
....

Suas tremendas mãos me despojavam
Dos nupciais ornatos; e seus beijos
Convulsivos esforços, que lhe opunha,
Pagavam com furor, suas carícias
Amiudando afoito e temerário.
Irosa quis mostrar-me; mas os fogos
Que o pejo tinha aceso, então tomando
Mais ativo calor, porém mais doce,
Minhas repulsas, de ternura cheias,
A maiores arrojos o excitaram;
Menos tímido, quanto eu mais irada,
Meus olhos, minhas faces, e meu seio
Beijava Alcino; eu lânguida fitando
Nele amorosas vistas, reclinei-me
Sem resistir-lhe mais, sobre o seu colo.
Importunos vestidos, que estorvavam
Seus inflamados beiços de tocarem
Ocultos atrativos... longe arroja
Então aos olhos seus (tu bem o sabes,
Quando outrora passávamos unidas
Em inocentes brincos... feliz tempo!)
Meus peitos, cuja alvura terminavam

Preciosos rubis, patentes foram.
Ao voluptuoso tato palpitante
Mais e mais se arrijaram, de maneira
Que os lábios não podiam comprimi-los.
Meus braços nus, meu colo, eu toda estava
Coberta de sinais de ardentes beijos.
Os leves trajes que ainda conservava,
Em vão eu quis suster; rápido impulso
Guiava Alcino; de Hércules as forças
Ali vencera... As minhas que fariam?

....

Eram brasas, que as carnes me queimavam,
Seus dedos, os seus beijos, sua língua!
Sim; sua língua, bem como um corisco,
Abriu rápida entrada onde engolfadas
Todas as sensações lutavam juntas;
Pela primeira vez dentro em mim mesma
Senti gerar-se súbita mudança,
Com que de envolta mil deleites vinham.
Comunicou-me sua raiva Alcino,
E na lasciva ação que prosseguia
Tal interesse me fez tomar, que eu própria
A seus intentos me prestei de todo.

....

Num volver de olhos se despiu Alcino,
E deu-me nu a ver quão bem talhado
De ombros e lados com feições formosas
Seu corpo era gentil; válidos membros
Cobria fina pele; era robusto
E delicado a um tempo; esbelto, airoso,
Medíocre estatura, olhos rasgados,
Mimosas faces, rubicundos beiços,
Cheio de carnes sem que fosse obeso,
Igual nas proporções... Eis um mancebo

Digno de a Marte e a Adónis antepor-se,
Não tendo de um a rude valentia,
Nem tendo de outro a feminil brandura.
Então lancei curiosa ávidas vistas
Sobre ignotas feições: fiquei pasmada
Ao ver do sexo as distintas formas.
Dobrando a extensão, dobrou meu susto,
Mormente quando, desviando Alcino
Meus pés unidos, entre meus joelhos
Seus joelhos encravou, e com seus dedos
Procurou dividir a estreita fenda,
Pequenos fechos, sobre os quais, de chofre,
Assestou o canhão que me assustava.
Ao medo sucedeu uma dor viva,
Como se agudo ferro me cravassem...
Alcino impetuoso ia rompendo
A ténue fenda... Em vão, com mil gemidos
Em pranto debulhada, eu lhe pedia
Que não continuasse a atormentar-me;
O cruel, minhas lágrimas bebendo,
Respirando com ânsia, e furibundo,
Com boca colada sobre a minha,
Meus gritos abafando me rasgava;
Mais internos pruridos flagelavam
Intactos membros, mais ardor veemente
Abrange a todos do que os outros sofrem.
Copioso suor ardente e frio,
O cansaço de Alcino, a aflição minha
Inculcavam assaz que eram baldados
Seus esforços cruéis para romper-me.
Tão árdua intromissão debalde havia
A custo do meu sangue repetido.
Se enorme corpo diminuta porta
Deve transpor, carece de abater-lhe,
Antes de entrar, umbrais a que se encosta.
A violenta fricção traiu Alcino,
E o membro, que tentava trespassar-me,

Da própria sanha aos ímpetos rendido,
Sucumbiu, espumando horrendamente.
Da elétrica matéria nas entranhas
Caíram-lhe faíscas derretidas;
Um vulcão se ateou dentro em mim toda,
O insofrível ardor, que me infundiu
Líquido tiro, ao centro já chegando
Por onde apenas o expugnado forte,
Da inimiga irrupção indefensável,
Podia receber patente dano,
Tais estragos causou, que mais valera
A entrada franquear ao sitiante.
Já dor não conhecia; chamejava
Meu próprio sangue, com violência tanta
que lacerar-me as veias parecia.
Na estância do prazer lançara Alcino
Do Mont Gibelo as lavas, e extingui-las
Só torrentes mais fortes poderiam.
Improviso calor calou-me o peito,
Quisera já no meio da carnagem
A batalha suster, ganhar a morte,
Ou a vitória, de triunfos cheia.
Tardava a meus desejos ver completa
De Alcino a empresa; eu mesmo o provocara,
Se, enfim, refeito da ufanosa esgrima
O não visse ameaçar um novo assalto.
A um resto de temor maldisse afoita,
E comigo jurei de não dar mostras
De leve dor, bem que me espedaçasse.
Alcino sotopõe uma almofada
Para o alvo nivelar, e separando
Quanto mais pôde nítidas colunas,
O edifício tentou pôr em ruína.
Ao forte insano impulso eu respondendo,
(Ah! que o valor cedeu no transe aflito!)
O muro se escalou!... Foi tal a força
Da agonia cruel, que esmorecendo

Semiviva fiquei; enquanto Alcino,
Dobrando e redobrando acerbos golpes,
Do reduto de amor o íntimo acesso
Penetra entre meus ais e os meus gemidos;
Outra vez atingiu supremo gozo,
Gozo celestial cujos eflúvios
Um bálsamo espargiram deleitável,
Que sossegou a dor, chamando a vida.
Letárgicos alentos me abismaram
Num pélago de gostos indizíveis,
Elevaram-me a um céu de imensas glórias;
Enlacei-o com pés entre as espaldas;
Férvidos beijos dando e recebendo,
Com frenético ardor, com ânsia intensa,
Chamando-lhe meu bem, minha alma e vida,
Vozes, suspiros confundindo.. tanto,
Tanto enfim apressei dos hirtos membros
Forçosa agitação, que num momento
Inefáveis delícias destilando
Alcino em mim, e eu nele ao mesmo tempo,
Libamos juntos quanto prazer podem
Os mesmos homens figurar deidades...
Minha Olinda, que instantes! ... Eu não posso
Traçar-te a confusão de emoções novas
Que no êxtase final me transportaram!...
Amarga, acerba dor sucumbe ao gozo
Da ventura sem par... Vitais alentos
Saborear não podem tantos gostos...
É preciso morrer entre deleites,
E fora melhor não tornar à vida
Que conservá-la sem morrer mil vezes.
Sete vezes Amor, chamando às armas
Seus súditos fiéis, travou peleja;
Sete vezes Amor bradou "Vitória!"
....

(Poesias eróticas, burlescas e satíricas)

CURVO SEMEDO (1766-1838)

Arrasar Bocage, alvo de Semedo que provavelmente agradaria aos partidários da velha ordem, tanto porque Bocage foi irreverente para com os outros poetas, quanto porque ameaçava alguns preconceitos enraizados na sociedade portuguesa. Assim, havia um interesse comum em rebaixar-lhe o mérito poético.
Deve-se notar o caráter metalingüístico da sátira de Curvo Semedo, presente no soneto que aqui reproduzimos, em que a maledicência literária aproveita-se da vida privada para fazer a sua póstuma e traiçoeira vingança.

SONETO

Morreu Bocage, sepultou-se em Goa!
Chorai, moças venais, chorai, pedantes,
O insulso estragador dos consoantes,
Que tantos tempos aturdiu Lisboa!

Por aventuras mil obteve a coroa
Que a fronte cinge dos heróis andantes;
Ainda veio de climas tão distantes
À toa vegetar, versar à toa.

Este que vês, com olhos macerados,
Não é Bocage, não, rei dos brejeiros,
São apenas seus ossos descarnados;

Fugiu do cemitério aos companheiros;
Anda agora purgando seus pecados
Glosando aos cagaçais pelos outeiros.

SEBASTIÃO XAVIER BOTELHO (1768-1840)

Vale a pena observar que o erotismo da poesia de Xavier Botelho recebe influência de Ovídio. Sua *Arte de Amar* deve ter proporcionado ao poeta português muitas sugestões, que foram assimiladas não de forma passiva, mas criativa. Em "A Noite de Inverno", aqui reproduzida, nota-se a presença de um dos preceitos da *Arte de Amar*: o amante deve copular primeiro com a ama e só depois (e como que acidentalmente) com a serva. Esse preceito é aqui propositalmente invertido, e a criada aparece como se fosse um aperitivo antes da saborosa noite de amor com a senhora.

Tal desobediência ao conselho clássico tem relação com a exaltação da própria virilidade. Realmente, a leitura das descrições eróticas do eu lírico mostra que este aproxima-se da insaciabilidade. Devemos observar ainda que o coito com a criada, que chega a ser pornográfico, funciona como um exorcismo, criando condições para que a relação com a ama apresente um erotismo próximo da pureza, com uma exaltação do contato físico sem complexo de culpa.

A NOITE DE INVERNO

Era alta noite, e as beiras dos telhados
Pingando mansamente convidavam
A gente humana a propagar a espécie;
Brandas torrentes, que do céu caíam,
Pelas ruas abaixo sussurravam.
Dormia tudo; e a ronda do Intendente
Que o grão Torquato rege, pai das putas,
Esbirro-mór. Mecenas das tabernas,
Recolhido se havia aos pátrios lares.
Era tudo silêncio, e só si ouvia
De quando em quando ao longe uma matraca;
Soava o sino grande dos capuchos,
Vão-se os frades erguendo, era uma hora.
Não podia faltar Nise formosa
Pela primeira vez me estava esperando;
De repente me visto e salto fora
Da pobre cama, onde envolto em sonhos
Mil imagens a mente me fingia.
Visto roupa lavada e me perfumo,
Num capote me embuço, a espada tomo,
Que nunca me serviu, mas que em tais casos
Mete a todos respeito, e qual Quixote,
Que havendo já perdido o caro Sancho,

Sem nada recear de assalto busca
Altos moinhos, que valente ataca,
Tal eu figuro achar a cada esquina
Um Rodamonte, e pronto me disponho
A lançá-lo por terra em pó desfeito.
Assim gastei o tempo, até que chego
Ao sítio dado, onde o meu bem me espera.
Mal a porta emboquei, dentro em mim sinto
Um fogo ativo, que me abrasa todo.
Eis de Nise a criada, a bela mestra
Que à mira estava ali, a mão me aperta,
Vai-me guiando e diz: – "Suba de manso,
Que aí dorme a senhora." A poucos passos
Por acaso ao subir lhe apalpo as coxas...
Oh cáspite! Que sesso! Era alcatreira,
Nunca vi eu tão duro, era uma rocha,
Foi o tesão então em mim tão forte,
Que as mãos lhe encosto aos ombros; nela salto
Que enfadada dizia: – "Olha o brejeiro!
Tire-se lá que pode ouvir minha ama!..."
Ao dizer isto, a voz lhe fica presa,
Soluça, treme, estende os braços,
Aperta as pernas, encarquilha o cono,
Que distava do cu polegada e meia.
Qual moinho de cartas, que os rapazes
Em tempo de verão põem nas janelas,
Tal a moça rebola. E eu posto em cima,
Sem nada lhe dizer tinha vertido
Na larga dorna a largada apojadura.
Acabada a função, em que a moçoila
(Segundo confessou) deu três por uma,
Num quarto me encaixou, onde os Amores
Tinham sua morada, onde Cupido
Havia receber em seus altares
Em breve espaço meus amantes votos.
Dormia tudo em casa. Eis Nise bela
Um pouco envergonhada, assim ficando
Mais vermelha que rosa, a mim se chega,

Nos meus braços se lança; então lhe toco
No tenro e branco seio palpitante;
Trémula a voz, que o susto lhe embargava,
Mal me pôde dizer: – "Meu bem, minha alma,
Quanto pode o amor num peito firme!
Bem vês que me arrisco; eu bem conheço
Quanto ofendo o meu sexo e as leis da honra
Bem sei que despedaço; mas não temo
Que te esqueças de mim, que ufano zombes
De uma infeliz mulher, amante e fraca!..."
Enquanto assim falava, me prendia
Nise com os braços seus, e aos meus joelhos
As pernas encostava, que eu conheço
Pelo tato que são rijas e grossas.
Mal podia conter-me: o céu chuvoso
Pelas telhas caía; o vento rijo
Pelas frestas zunia; a casa toda
Com cheiro de alfazema; a cama fofa,
Tudo enfim era amor, tudo arreitava.
Entro a beijar-lhe as mãos feitas de neve,
Descubro-lhe com jeito o tenro peito,
Que ansioso palpita, que resiste,
Que não murcha ao tocar-lhe, oh quanto é bela!
No seio virginal, onde dois globos
Mais brancos do que jaspe estão firmados,
Ansioso beijando-os pouco a pouco
Se fizeram tão rijos, que mal pude
Comprimi-los com os beiços: neste tempo
Pelo fundo da saia sutilmente
Lhe introduzi a mão, com que esfregava
O pentelho em redondo, o mais hirsuto
Que até ali encontrei; e como a crica
Vertido tinha já pingos ardentes,
Certos sinais, que os férvidos prazeres
Dentro na alma de Nise à luta andavam,
*T*al fogo em mim senti, que de improviso
Sem nada lhe dizer me fui despindo,
Até ficar nu em pêlo, e o membro feito.

Na cama me encaixei que a um lado estava.
Nise, cheia de susto e casto pejo,
De receio e luxúria combatida,
Junto a mim se sentou, sem resolver-se.
Eu mesmo a fui despindo, e fui tirando
Quanto cobria seu airoso corpo.
Era feito de neve; os ombros altos
O colo branco, o cu roliço e grosso;
A barriga espaçosa, o cono estreito,
O pentelho mui denso, escuro e liso:
Coxas piramidais, pernas roliças,
O pé pequeno...Oh céus! Como é formosa!
Já metidos na cama em nívea holanda,
Erguido o membro, até tocar no umbigo,
Qual Amadis de Gaula entrei na briga:
Pentelho com pentelho ambos unidos,
Presa a voz na garganta, ardente fogo
Exalávamos ambos; Nise bela,
Ou fosse natural, ou fosse de arte,
O peito levantado, ansiosa, aflita,
Tremia, soluçava, e os olhos belos
Semimortos erguia; a cor do rosto
Pouco a pouco mudava; era tão forte,
Tão ativo o prazer que ela sentia,
Que cingindo-me os rins com os alvos braços
Tanto a si me prendia, que por vezes
O movimento do cu me embaraçava.
Com as alvas pernas me apertava as coxas,
Titilava-lhe o cono, e reclinada
Quase sem tino a lânguida cabeça,
Chamando-me seu bem, sua alma e vida,
Faz-me ternas meiguices, brandos mimos.
Férvidos beijos, mutuamente dados,
Anelantes suspiros se exalavam;
Era tudo ternura, e em breve espaço
Ao som de queixas mil, com que intentava
Mostrar-me Nise um dano irreparável,
Me senti quase morto em todo o corpo;

Uma viva emoção senti gostosa
Dentro em minha alma; férvidos prazeres
O peito vivamente me agitavam;
Os olhos e a voz amortecida,
Os braços frouxos, quase moribundos,
Lânguido o corpo todo, enfim mal pude
Saber o que fazia...Eis de improviso
Tornando a mim mais forte e mais robusto
Tentei de novo o campo da batalha
Qual o bravo guerreiro, que se abrasa
No cálido vapor, que exala o sangue
Que ele mesmo esparziu entre as falanges
De inimigos cruéis, que vence e mata;
Assim eu, abrasado em vivo fogo
Que de Nise saía, me não farto
Da guerra que intentei: de novo a aperto,
De novo beijo os seus mimosos braços;
Beijo-lhe os olhos, a mimosa boca,
Os níveos peitos, a cintura airosa.
Nise outro tanto me fazia alegre,
Estreitava-me a si por vários modos:
Ora posto eu por baixo, ela por cima,
Para dar doce alívio aos membros lassos;
Ora posto de ilharga, sem que nunca
O voraz membro do lugar saísse,
Onde uma vez entrara altivo e forte;
O membro que em tal caso era mais duro
Que alva coluna de marmóreo jaspe...
Até que enfim, depois de não podermos
Nem eu nem Nise promover mais gostos,
O brando sono, sobre nós lançando
Os seus doces influxos brandamente,
Os olhos nos cerrou. Uns leves sonhos
Vieram animar nossos sentidos,
Até que chegou a fresca madrugada,
Em que à casa voltei, donde saíra,
E tornando outra vez à pobre cama,
Dormi o dia inteiro a sono solto.

JOÃO VICENTE PIMENTEL MALDONADO (1773-1838)

É o verdadeiro autor de um soneto normalmente atribuído a Bocage. Com os versos desse poema, pretende o poeta consolar Nize da sua condição de meretriz. O paralelismo traçado entre esta Nize e grandes figuras da História gera um estratagema sarcástico, excluindo o desnível social entre os elementos da comparação, retendo somente a similaridade da conduta. É uma pena, no entanto, que o poeta denuncie as "putíssimas fidalgas" de Lisboa, mas não deixa claro que as "fidalgas" são da casta a que tudo é consentido. A conclusão e consolação final, sugerida a Nize, compensa a falha: "isto de virgo e honra é tudo peta".
Excelente exemplo de manipulação, só que esta distingue-se das manipulações corriqueiras, já que as manipulações comuns partem de premissas tidas por evidentes e distorcem a conclusão, ao passo que este poema de Maldonado utiliza a distorção das premissas para uma conclusão evidente.

SONETO

Não lamentes, ó Nise, o teu estado;
Puta tem sido muita gente boa;
Putíssimas fidalgas tem Lisboa,
Milhões de vezes putas têm reinado.

Dido foi puta, e puta dum soldado;
Cleópatra por puta alcança a coroa;
Tu, Lucrécia, com toda a tua proa,
O teu cono não passa por honrado.

Essa da Rússia imperatriz famosa,
Que ainda há pouco morreu (diz a Gazeta),
Entre mil porras expirou vaidosa;

Todas do mundo dão a sua greta;
Não fiques, pois, ó Nise, duvidosa,
Que isto de virgo e honra é tudo peta.

(Poesias eróticas, burlescas e satíricas)

JOSÉ ANSELMO CORREIA HENRIQUES (1777 ?-1831)

Exemplo de pornografia gratuita, que satiriza os frades, mas não problematiza a instituição conventual. Mero deboche, que mais se aproxima da cumplicidade do que da denúncia. Seu anticlericalismo não ultrapassa o limite da grosseira chalaça.

O CAPÍTULO GERAL DOS FRANCISCANOS

Tinha a fama veloz passado os mares,
Levando a nova a diferentes lares,
Que morto fora em tantos de tal ano
O venerável chefe franciscano.
Chama-se a votos toda a fradaria,
Para aclamar em plena confraria
Um digno sucessor viripotente,
Capaz de governar fradesca gente.
A Toledo, a capítulo chamados,
O capítulo enfim já começava,
Quando vermelho frade assim falava:
"Vós, dignos pedestais da fradaria,
Que fazeis dominar a memória,
Que tendes por herdade, e que sois donos
Do direito feudal dos cus e conos;
Vós, que vindes aqui ao candidato
Com as vãs pretensões de ser prelado,
Não vos fieis debalde nos talentos,
Que isso seria dar razões aos ventos.
Quem quiser aspirar a ser prelado,
Não deve por talentos ser julgado;
Seja ele embora da mais sábia raça,
Por São Francisco mesmo não há graça:
Se não apresentar grande caralho,
Perde agora o seu tempo e o seu trabalho.
Quem melhor o tiver será prelado,
E seja este da escolha o ponto dado.
Demos pois a nós outros novo lustre,
Escolhendo o caralho mais ilustre.

Preparai-vos, ó padres, neste instante
A mostrar-nos o cetro fornicante;
Dos marzapos brutais a reverência,
Vejamos quem terá a preeminência."
Então mostrando o seu, lhes diz choroso:
"Vede sinal funesto, mas famoso!
Ainda que cortada meia pica
Para ser geral, ah! vede o que me fica!...
Ela é boa, meus padres, segundo acho;
Seu aspecto bisonho é bem de macho."
De zelo transportado um frade santo,
Chega de perto a ver prodígio tanto;
Depois de examinado o tal corisco
Duas vezes jurou por São Francisco
Frei Tapa-Cu, que o velho mal julgava,
E com ar de desprezo assim falava:
"Eu juro, pela braga franciscana,
Que o velho santarrão aqui se engana;
Frei Tassalho, segundo o rito usado,
Não tem porra capaz de ser prelado."
Com a destra a sotaina levantando,
Na esquerda a porra enorme sopesando,
Bem digna de fazer em todo o estado
Feliz quem possuísse um tal bocado,
Grosso, vermelho e duro, qual o corno:
"Eis (diz ele) um caralho feito ao torno,
Não aquele que mostra Frei Tassalho,
Bem pode, sem bazófia, meu caralho
Doze vezes fazer o cono em borra.
Sem que nas seis se desencaixe a porra."
A fradaria riu-se do argumento,
Quais palavras que leva o rijo vento.
O frade desespera da risada,
E bate com tal força uma pancada
Com a ponta da porra no sobrado,
Que o concílio ficou todo assombrado.
"Admiram-te a porra altipotente

(Diz a Frei Tapa-Cu o presidente),
Susta um pouco esse nobre estusiasmo
Que essa porra brutal nos faz um pasmo,
Um caralho tão grande e tão grosseiro
Qual raio faz tremer todo um mosteiro;
A sua vez virá de ser medido
E se for o maior será preferido.
Padre-Examinador, comece a roda,
Com ordem seguirá a chusma toda,
Sejam todos medidos na grandeza,
Na forma, na figura e na beleza;
Não escapando nada no tal nabo,
Que não seja apontado até o cabo,
Que cada qual enfim mostre o que pode,
E o prémio seja dado a quem mais fode."
Findou o tal exame de pancada,
Ficando a resolução inda empatada.
Frei Fura-conos e Frei Escalda-Rabo
Dividem entre si o maior nabo.
Na porra igual valor mostram os frades,
Nos colhões mesma força e qualidades.
Fica o caso em concílio reservado
A qual dos dois se elegerá prelado.
"Para tirar os frades da incerteza,
Experimentam cada um sua destreza;
Tragam aqui rapaz e rapariga,
Para em tudo cumprir a regra antiga,
Veja-se qual dos dois destes marzapos
Porá o cono e cu em mil farrapos;
Qual dos dois na fodenga é mais mestraço,
Ou, na frase fradesca, mais cachaço."
Findou, enfim, a regular visita;
Eis vem rapaz e moça bem bonita,
Bela, qual fresca rosa em Primavera,
Onde amor com prazer ali impera.
Os frades só de vê-la se arreitaram,
Os marzapos as bragas arrombaram,

Dá sinal o geral a Fura-Cono,
Que salta sobre a moça como um mono.
Foi dito e feito: em cima dum estrado,
Que fora para o intento aparelhado,
A burrical linguiça lhe pespega.
Obtendo à força quanto amor lhe nega,
Na vítima, que jaz ali prostrada,
Pronta a sofrer a horrenda caralhada;
E qual o vencedor que a palma ganha ,
Em langonha e prazer a porra banha
Doze fodas lhe dá o frade logo,
Sem que duma só vez errasse fogo;
O caralho sacando do besbelho.
Mostra a moça louríssimo pentelho,
Nevada bimba, que o coninho esconde,
Crica beiçuda, que o pudor confunde.
O caralho do frade erguendo a testa,
Pede nova fodenga, nova festa,
Com luxúria escumando livremente,
Entra no cono estreito de repente;
Mostra em segundo ataque o tal fradinho
Que marzapo arreitado abre caminho,
Não podendo passar além do nabo.
O cono borra com licor do nabo.
Tem Fura-Cono, ilustre candidato,
Todos os votos para ser prelado.
Segue-se a Tapa-Cu a sua vez,
Que de uma só pancada fode dez;
Com três golpes de cu mostou o frade
De São Francisco a rara qualidade.
Ficou a moça desmaiada em pranto
Que tal pode da porra o furor santo;
Trocam-se em ais os choros da donzela,
Que o foder eletriza a moça bela.
O frade rodilhão, qual trovoada
Dos diques genitais abre a enxurrada;
Avante, sem parar, no cono ardente,

Doze vezes soltou a grossa enchente.
Findas doze, cuida a fradaria
Que a proeza do frade acabaria;
Eis que, voltando da moçoila a facha,
Vermelha porra pelo cu lhe encaixa;
Duas fodas lhe dá, quando acabando
O caralho do cu saca pingando
Em seu favor os votos tem o frade
Da potente fodaz comunidade.
Eis quando se lhe opõe o Frei Tassalho,
Com dentes no saial, mão no caralho,
E com voz de trovão assim falava
Ao concílio fodaz, que já voltava:
"Para a escolha em questão eu tenho parte,
Eu a pretendo impugnar, juro por Marte!
Não é tão grande, padres, o meu caralho;
Mas para fornicar, eis Frei Tassalho!
A prova é esta, dou-lhes sota e ás
Começando a foder este rapaz."
Do noviço as calcetas abaixando,
Vai o cu do rapaz patenteando,
E, sem cuspir em cima, encaixa porra
No rego culatral da suja borra.
As palmas bate a sórdida quadrilha,
Cuidando ser milagre e maravilha;
O frade, sem perder razão, ou tino,
Fura sem dó o vaso masculino,
Dizendo "fodera ali um ano,
Sem que jamais do cu tirasse o cano!"
Fodeu o santarrão no tal traseiro
Por seu próprio gosto o dia inteiro.
Os votos recolhendo o presidente,
Foi Frei Tassalho eleito plenamente;
Quando um frade taful, barrando a estrada,
Dizendo que nenhum geral seria,
Sem primeiro mostrar que foderia
Quarenta vezes, tanto em cu e cono,

Em honra do convento, e do patrono;
Protestando apelar deste concílio
Por um erro maior que o do sigilo:
"Pretendo dar as provas do argumento
Fodendo de alto a baixo este convento.
Inda, pois, que o capítulo murmura,
Hei-de fodê-lo através da fechadura!"
Com pé atrás, e com a porra alçada
Os frades vai pilhar nesta cilada,
A confraria assenta que convinha
Se apresentasse o cu a quantos vão fodidos;
Nem mesmo os velharões são excluídos;
O frade por detrás a todos fode,
Fazendo dos seus cus barbas de bode:
E a todos fornicou com força tal,
Que não podem negar-lhe o ser Geral.

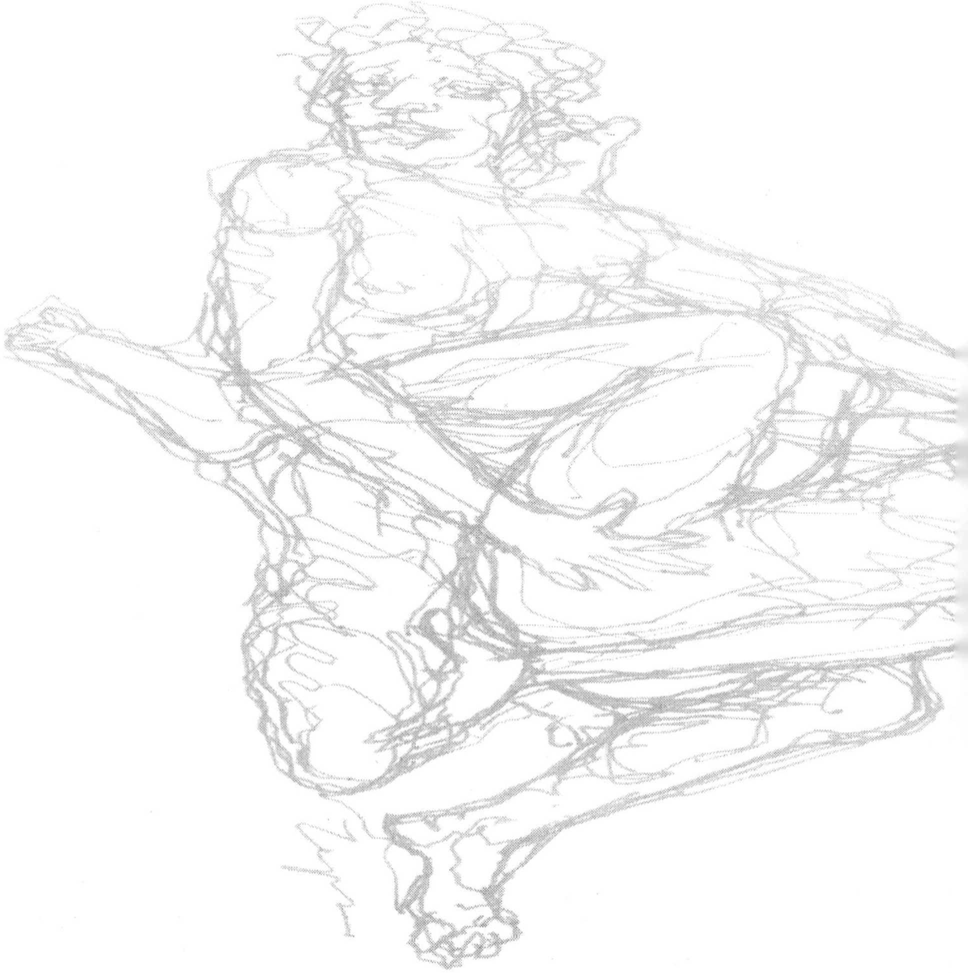

PATO MONIZ (1778-1826)

Nuno Álvares Pereira Pato Moniz, apesar da limitada veia poética, logrou rebater a José Agostinho de Macedo com um poema herói-cômico intitulado *A Agostinheida,* no qual conta as proezas do "herói", o brutal Elmiro, que é naturalmente carregado de apodos aviltantes.

Como é comum em poemas herói-cómicos, o modelo da versificação continua a ser o decassílabo camoniano, mas Moniz dispensa a rima, preferindo o verso branco. O poeta, muitas vezes, emprega vários versos da epopéia camoniana ao pé da letra. Outras vezes, repete-os com mínima alteração. A sua antipatia ao autor de *Os Burros* explica-se mais pelas perseguições absolutistas e por ser um liberal do que por motivos estéticos.

A AGOSTINHEIDA

CANTO I

....

Na famosa cidade, em outras eras
Dos romenos Pax Julia nomeada,
Onde, de ilustres pais, engenho ilustre
Nasceu, para ganhar um nome eterno,
O escritor português Freire de Andrade;
De pasteleiro pai, se a mãe não mente,
O poeta orador e ex-frade Elmiro
Nas ilhargas de Angélica gerado,
Couceou burricalmente ali um ano,
Nutrido a restos de pastel sediço.
....

CANTO II

....

Já de materno leite saciado
Àquele tempo o herói no tabuleiro
Tinha, mamando em vão, largado a teta

E ficado a dormir de boca aberta;
De lenço na cabeça, o mestre Espinha,
E de perna traçada, ressonava,
Recostado no banco da cozinha;
Em perfeita mudez era a bodega

....

Vai depois, em feição de imunda serpe,
A Perfídia, aos corcovos, rastejando;
Enrosca-se no peito, e na garganta
Do pequenino herói, desaforado;
Torce o rabo; e, metendo-lho na boca,
Ele cuidou de ser teta e foi chupando
Todo o veneno que ainda verte agora.

....

Porém o herói, co'a boca escancarada,
Dobrando os sons, desatinado berra;
E ao pavoroso estrépito acordando,
Não bem desperta, Angélica presume
Que algum faminto canzarrão raivoso
Em vez de empada lhe trincava o filho.
Assenta-se a tremer e logo exclama:
"Ai, o meu rico filho, coitadinho!
Espinha, acode cá, traz a candeia."
Assim dizendo, carinhosa, os braços
Lança ao choroso herói, que esbravejava
Fora do tabuleiro perneando,
Qual, saindo do curro, um boi furioso
Que se embrulha, se estende e se revolve,
Por se erguer forcejando, até que torna
Mungindo a dar mais férvida investida;
Não sabe nesta pressa quem lhe valha
Angélica; e, entendendo acomodá-lo
Se lhe impingisse a teta, a teta puxa;

Vai a uni-lo consigo, e o herói, raivando
Cada vez mais das fúrias avexado,
Prega-lhe uma valente mordedura
E avança-lhe co'as unhas muitos abertas
À desgrenhada trança, que estalando
Fica nas mãos do herói quase em triunfo,
Como já nas mãos de Hércules ficaram
Os pululantes restos tremebundos
Das hidras que no berço destroncava!
....

CANTO V

....
Ela, movendo os olhos mal-chorosos,
Onde cintila o lume do desejo,
Rotos os laços do importuno pejo,
Mil amorosas mágoas repetia,
E a seu vivo transporte abandonada,
O peito nu lhe arfava suspirando,
Num tremor de prazer os ais dobrando!
Ele, com o ativo cheiro da caçoula,
Os olhos revirando, abrindo a boca
E os membros contorcendo, parecia
Asinino animal virando o beiço
Quando o fêmeo vapor lhe dá nas ventas!
Quem poderia expor com próprias tintas
As cenas de furor e de ternura
Que ali abriu o férvido apetite!
De uma negra roupeta a destra leva
Erguendo-a, e doutra as fraldas delicadas;
Acende-se o desejo, que se ceva
Nas santas carnes com fervor mostradas;
A sóror toda em ânsias se derrete,
O Herói lampreia o Dez, sem largar bola,
E em mais que nas bochechas de suspeita
Que a cor vermelha tinha desta feita!

Aquém e além das grades à porfia
Corriam dois Humanos-chafarizes...
Mas o que passam na manhã e na sesta,
Que Vénus com prazeres inflamava,
Ainda quem não quisera experimentá-lo
Pode contudo muito bem julgá-lo.
Já do Herói, santamente namorado,
Na rapada cabeça não ferviam
outros cuidados mais do que a Freirinha;
Porém qual, vendo os pomos, vendo as águas,
Multiplica os desejos insofridos,
E arde Tântalo em vão por saciar-se,
Não de outra sorte o Herói, além das grades
Vendo tremer os pomos amorosos
E lourejar as messes de Amatunta,
Quanto mais a tocá-los lhe é defeso
Em frenesis de amor mais treme aceso,
Até que de suor todo coberto,
Espesso o sangue, hálito apressado,
Ansioso em Peito, em membros derrengado,
Da freira aos meigos ais seus ais prendendo,
Com mestra languidez se recostava
Na cadeira, de longe nada estranha
A cena tais, como esta se passava.

....

PEDRO JOSÉ CONSTÂNCIO (1778 ?-1820 ?)

"Psicopata fixado à obsessão sexual, foram os seus excessos de tal ordem que deles lhe vieram a enfermidade e a morte." Assim foi catalogado o desconhecido poeta Pedro José Constâncio por Natália Correia. Segundo ela, uma das suas taras era "mostrar-se nu em pleno dia às janelas de sua casa". (*Antologia de Poesia Portuguesa Erótica e Satírica,* pág. 294).

"Psicopata" é um rótulo que podemos lhe aplicar, já que todos sabemos que certos comportamentos maníacos são inconciliáveis com o que se convencionou como normal. Mas hoje em dia, depois de Machado de Assis, Reich e Lacan, o conceito de normalidade já não tem para todos o mesmo valor que antigamente. Para os mais esclarecidos, esse conceito é visto quase sempre como um instrumento a serviço da repressão. Quem acompanha os noticiários e certos anúncios em revistas eróticas e mesmo nos periódicos comuns, deve refletir nessa forma pueril de psicopatia... e nas taras de muita gente que passa por respeitável, algumas ocupando posição de importância e projeção internacionais..

Os dois sonetos que transcrevemos a seguir são imputados a Pedro José Constâncio e devem ser considerados como obras literárias importantes, por revelarem um erotismo singular e de vitalidade saudável. Leia-os e questione-se interiormente se não tem ele razão no que afirma.

SONETO

Cante a guerra quem for arrenegado,
Que eu nem palavra gastarei com ela;
Minha Musa será sem par canela
Com um felpudo coninho abraseado.

Aqui descreverei como arreitado
Num mar de bimbas, navegando à vela,
Cheguei, propício o vento, à doce, àquela
Enseada de Amor, rei coroado.

Direi também os beijos sussurrantes,
Os intrincados nós das línguas ternas,
E o aturado fungar de dois amantes;

Estas glórias serão na fama eternas;
Às minha cinzas me farão descantes
Fêmeas vindouras, alargando as pernas.

SONETO

Para iludir o suspirado encanto
Por quem debalde há longo tempo ardia,
"Um ninho achei, ó Lésbia (eu lhe dizia)
"Como é dos pais delicioso o canto!"

Assim doloso me expressava, enquanto
Um alegre alvoroço em Lésbia eu via,
"Ah! onde o deparaste?" (ela o inquiria)
"Vem (lhe torno) comigo ao pé do acanto."

Por um bosque fui com os meus amores;
Pergunta aos ramos pelo implume achado,
E respondendo só vão meus furores.

Conhece... quer fugir ao laço armado,
Na encosta a vergo, que afofavam flores,
Beijo-lhe as iras... fique o mais calado.

(Poesias eróticas, burlescas e satíricas)

ANTÔNIO MARIA EUSÉBIO (CALAFATE) (1820-1911)

Autor que desponta na época romântica, valendo-se de rimas de sabor popular e de certa liberdade formal. Alguns dos seus versos não seguem rigorosamente a métrica habitual, o verso de sete sílabas, sendo isso compensado com a música que os acompanhava, feito e efeito, ambos, comuns em composições populares geniais, como podemos encontrar em artistas brasileiros, de que é excelente exemplo Patativa do Assaré. Também Manuel Bandeira confessa, em seu *Itinerário de Pasárgada*, que prefere um verso de pé quebrado a quebrar o ritmo agradável e harmonioso só por causa da métrica.
Além de certo gosto pela ironia, de agrado popular, Calafate desenvolve uma poesia que sexualiza todos os elementos de que se serve, sejam da fauna e da flora ou gestos banais do cotidiano, tudo é impregnado de insinuação erótica, favorecendo uma leitura dupla, ambígua, dos versos.

A QUINTEIRA DA PANASQUEIRA

MOTE

Fui apalpar as gamboas
que a quinteira tem na quinta,
Já tem marmelos maduros,
O seu bastardo já pinta.

GLOSA

Sou mestre na agricultura,
Meu saber ninguém disputa,
Gosto de apalpar a fruta
Quando está quase madura...
Gosto do que tem doçura;
Quero e gosto das mais pessoas
Para apalpar coisas boas;
Da quinta da Panasqueira,
Com licença da quinteira,
Fui apalpar as gamboas.

Por toda a parte que andei
Dei cambalhotas e saltos,
Depois de apalpar pelos altos

Pelos baixos apalpei.
Por toda a parte encontrei
Fruta branca e fruta tinta;
Para que a dona não se sinta
Nunca direi mal da boda,
Apalpei a fruta toda
Que a quinteira tem na quinta.

Neste tão lindo arvoredo
Não há fruta como a sua,
Foi criada em boa lua
Para amadurecer mais cedo.
Menina, não tenha medo
Que os seus frutos estão seguros,
Ou sejam moles ou duros
Todos a têm em estima,
Na sua quinta de cima
Já tem marmelos maduros.

Tem uma árvore escondida
Num regato ao pé dum poço,
Que dá fruta sem caroço
Chamada gosto da vida.
Dessa fruta pretendida
Que a menina tem na quinta,
se acaso tem uva tinta
A menina dê-me um cacho,
Que na sua quinta de baixo
O seu bastardo já pinta.

RESPOSTA DA QUINTEIRA

MOTE

Fui apalpar os tomates
Que tinha o meu hortelão,
Mostrou-me o nabal que tinha
Meteu-me o nabo na mão.

GLOSA

Sou mesta na agricultura,
Tenho terra para cavar,
Gosto sempre de apalpar
Se a enxada é mole ou dura.
Ser amiga da verdura
Não são nenhuns disparates;
Enchi alguns **açafates**[34]
De tomateiros de cama,
Depois de apalpar os tomates.

As sementes tomateiras
Nascem por dentro e por fora,
Semeiam-se a toda a hora
Dentro de fundas regueiras.
Tão brilhantes sementeiras
Dão gosto e satisfação
Dentro do meu regueirão.
Dão-me as ramas pelos joelhos;
Que tomates tão vermelhos
Que tinha o meu hortelão!

Só de vê-los e apalpá-los
Faz andar a gente louca,
Faz crescer água na boca
E a língua dar estalos
Meu hortelão tem regalos
Tem um tomateiro macho,
Abriu-me a porta de baixo,
Mostrou-me o nabal que tinha.

Tinha grelos e nabiças,
Tinha tomates graúdos
Tinha nabos ramalhudos
Com as cabeças roliças
Tão brilhantes hortaliças
Meteram-me tentação;

Era franco o hortelão,
Deu-me uma couve amarela
Para me dar gosto à panela,
Meteu-me o nabo na mão.

O PESCADOR DE MARISCO

MOTE

Fui pescador de marisco
Fiz pesca de camarão,
Apanhei três camareiras
Na rede do meu chalrão.

GLOSA

Uma vez de madrugada
Preparei meus aparelhos
Para ir pescar de joelhos
Nas bordadas de uma enseada.
Pesquei uma caldeirada
À custa do meu belisco;
Para pescar sem menor risco
Pescava sempre por baixo,
Nos ingueiros do parracho
Fui pescador de marisco.

Nos mares onde eu pescava
Não levava rede nem linha,
Com um anzol grosso que tinha
Muito badejo apanhava!
Pouca isca precisava
para o peixe vir à mão.
Uma certa ocasião
Fui pescar a certa doca!
Com a cabeça da minhoca
Fiz pesca de camarão.

Quando a manhã estava fria
Antes do nascer do sol
Ia meter o meu anzol
Nas tocas da pescaria.
Pesquei de noite e de dia,
Pesquei de várias maneiras,
Passava noites inteiras,
Pescando à luz do candeio,
Uma vez no mar do meio
Apanhei três camareiras.

Por não estar à preguiça,
E tudo me parecer pouco,
Fui pescar o polvo e choco
Com iscas de peixe piça.
Arranjei uma adriça
Para pescar ao lingueirão
Faltando-me o camarão
Pesquei alforreca e quelha
E apanhei conos de velha
Na rede do meu chalrão.

RESPOSTA AO PESCADOR

MOTE

Tu pescas e eu apanho
Quando tu pescas eu caço,
Tu pescas para o teu chalrão,
Eu apanho para o meu laço.

GLOSA

Tu rapaz eu rapariga
Tu petisca e eu petisco,
Tu no mar pescas marisco
E eu em terra apanho espiga,
Se banhas também eu banho,

Tu perdes, eu sempre ganho,
Tu tens pau e eu tenho a risca,
Tu tens pesca e eu tenho a isca,
Tu pescas e eu apanho.

Tu em certas madrugadas
Fazes a pesca geral,
E eu dentro de qualquer nabal
Apanho boas nabadas.
Tu pescas coisas salgadas,
Eu apanho algum cabaço,
Tu abaixas o regaço,
eu sou fêmea e tu és macho,
Eu para cima e tu para baixo
Quando tu pescas eu caço.

Tu és pescador de fé,
Vais pescar a várias partes,
E eu vou apanhar tomates
Quando vejo dois num pé.
Para nós sempre há maré,
Nunca falta ocasião,
Com iscas de lingueirão
Vais pescar a qualquer Tejo
Camareiras com badejo,
Tu pescas para o teu chalrão.

Tu pesca peixes taludos,
Na pesca fazes empenho,
Eu com um bom laço que tenho
Apanho pássaros papudos.
São iguais nossos estudos,
É igual o nosso passo,
Com as armadilhas que faço
Tenho a passarada certa,
Tendo a ratoeira aberta,
Eu apanho para o meu laço.

JOÃO DE DEUS (1830-1896)

Na poesia lírica de João de Deus caracteriza-se por uma grande simpatia pelos seres e pela vida. Essa atitude não desaparece nem mesmo quando ele parte para a sátira, que geralmente se constrói sobre algum equívoco ou motivo de troça, que lhe servem para construir anedotas praticamente inócuas, dotadas até mesmo de uma certa candura. O seu anticlericalismo parece puramente o reflexo de uma moda, dum fenômeno da época. A ausência de agressividade é traço de seu caráter que se projeta em seus versos. Por isso, quando emprega algum termo impróprio não chega a chocar. A palavra torna-se, na leitura, um traço espirituoso que não mancha a bonomia do poeta.

OMISSÃO

Uma noviça, jovem de talento
Na arte do desenho e da pintura,
Pede à madre abadessa do convento
O favor de lhe ver uma figura.

Era a imitação escrupulosa
De um menino em tamanho natural
que pertencia a sóror Anna Rosa,
Tido em conta de um belo original!

A sóror costumava, por decência,
Tê-lo com uma tanga pequenina,
Que lhe encobria aquela saliência
que distingue o menino da menina.

Mas uma tanga tão apropriada
No tecido e na cor, que na verdade
A gente olhava e não lhe via nada
Que desmentisse a naturalidade.

Era, pois, de esperar que a nossa artista,
assim como no mais, naquela parte,
Pintasse apenas o que tinha à vista,
que é o preceito e o primor da arte.

Vê a madre abadessa a maravilha,
E não se cansa de a louvar! Mas lança

A vista atenta àquele ponto: "Ai, filha,
Que falta essencial!... pobre criança!

Que pena! O colorido, que beleza!
Pernas, braços e tudo, que perfeito!
Mas confesso... confesso com tristeza...
Que enorme, que enormíssimo defeito!"

CARECA

Sobrenome verdadeiro
O de Antônio Callado,
Porque ninguém mais matreiro,
Mais sonso, mais disfarçado!
Namorou um ano inteiro
A prima do Alcobia,
Sempre tão bem penteado,
Que me afirmou ela um dia:
– "Não tem na cabeça um pêlo,
E nem pela fantasia
Me passou que tal cabelo
Fosse cabelo postiço!"
Afinal passa o **derriço**[34],
Chega a noite do noivado,
e naquele rebuliço
Despejou-se-lhe o tapiço
E adormeceu de cansado.
Ela, que acordou primeiro,
Apalpa-o pelo toutiço,
Acha pelado... roliço...
E diz-lhe assim de mansinho,
Abanando o companheiro:
– Ó Antoninho! Antoninho!
Pois que maneira são essas?
Olha que estás às avessas...
Tens o cu no travesseiro!

(Cryptinas)

GOMES LEAL (1848-1921)

Para sua obra convergem as principais linhas de força da poesia européia de seu tempo. Nela podemos encontrar o satanismo de Baudelaire, o lirismo da fase final do Romantismo, o traço declamatório de Víctor Hugo e características da estética simbolista.
Gomes Leal esforça-se em mostrar o mapa das desigualdades sociais, opondo a riqueza à miséria e o deboche dos poderoso à resignação dos oprimidos. O seu anticlericalismo manifesta-se com violência, tanto em poemas de índole satírica como na visão apocalíptica que constitui o *Anticristo*, poema longo, confuso e desigual.

O AMOR DO VERMELHO

(Nevrose de um lord)

A idéia de teu corpo branco e amado,
Beleza escultural e triunfante,
Persegue-me, mulher, a todo o instante
– Como o assassino o sangue derramado.

Quando teu corpo pálido, beijado,
Abandonas ao leito – palpitante,
quem jamais contemplou, em noite amante,
Tentação mais cruel, tom mais nevado?

No entanto – duro, excêntrico desejo!
– Quisera, às vezes, que a dormir te vejo,
Tranqüila, branca, inerme, unida a mim...

Que o teu sangue corresse de repente,
Fascinação da Cor! – e estranhamente,
Te colorisse, pálido marfim.

(Claridades do Sul)

A UM CORPO PERFEITO

Nenhum corpo mais lácteo e sem defeito,
Mais róseo, escultural, ou feminino,
Pode igualar-se ao seu branco e divino
Imóvel, nu, sobre o comprido leito! –

Nada lhe iguala! – O ferro do assassino
Podia, hoje, matá-la, que meu peito
Seria o esquife embalsamado e fino
Daquele corpo sem rival, perfeito.

Por isso é muito altiva e apetecida.
E o gozo sensual de a ver vencida
Há-de ser forte, estranho, singular...

Como o das coisas dignas de castigo
– Ou qual amante sacerdote antigo,
Derrubando uma deusa de um altar.

(Claridades do Sul)

A UMA HORIZONTAL

Mulher de tranças negras e compridas,
E de falas fingidas,
Que, alta noite, ao ruído das orgias,
Com casquinadas frias,
Achincalhavam corações dolentes...
– Com prazer vejo que não tens dois dentes!

Ó séria das tranças setinosas,
E falas melodiosas,
Toda cheirando a rosas...
Senhora do Deleite!
Sempre em banhos de leite,
Sempre inventando sensações estranhas...
– Hoje estás boa para assar castanhas!

(Fim de um Mundo)

GUERRA JUNQUEIRO (1850-1923)

Poeta marcado pela impetuosidade, pelo verbalismo. Encolerizado pelas injustiças sociais, Guerra Junqueiro proferiu maldições agressivas como chicotadas destinadas a arrasar as classes privilegiadas. A preocupação com a denúncia e o forte desejo de agredir acabam prejudicando a boa construção poética. Esse tem sido um dos defeitos que a crítica geralmente aponta em seus poemas. Quando leitor adolescente, porém, foi o que mais amei em seus versos. A força da crítica seria prejudicada se ele procurasse uma linguagem mais técnica ou mais poética. Isso já seria uma preocupação da classe criticada. Claro que muitas vezes, o poeta acaba perdendo a noção de equilíbrio, acumulando imagens, imprecações, e tornando-se redundante. A crítica insiste que tais exageros de ira terminam por conferir aos seus versos a monotonia de certa poesia declamatória. Apesar disso, Guerra Junqueiro é o autor realista que melhor atinge uma linguagem forte, capaz de denunciar os preconceitos tolos da sociedade.

LADAINHA MORENA

S. Leão 13 – dai-nos bons bispados,
S. Leão 13 – que nos possam dar
S. Leão 13 – vinte mil cruzados,
S. Leão 13 – fora o pé d'altar!

Santo Antonelli – dai-nos confessadas
Santo Antonelli – novas, já se vê;
Santo Antonelli – é melhor casadas,
Santo Antonelli – bem sabeis porquê...

Ó Santo Bórgia – há tanta gente avara!...
Ó Santo Bórgia – há tantos imbecis!...
Ó Santo Bórgia – como se prepara
Ó Santo Bórgia – tal xarope... diz!

Santa de Lourdes – sois incomparável!
Santa de Lourdes – muita água deita
Santa de Lourdes – vossa inesgotável
Santa de Lourdes – fonte de receita!

Ó Santa madre – míseros, mesquinhos,
Ó Santa madre – vemo-nos atônitos,

Ó Santa madre – pra educar sobrinhos
Ó Santa madre – que têm pais incógnitos.

Ó Santa igreja – mete-nos no bucho,
Ó Santa igreja – pra dar tom à fibra,
Ó Santa igreja – alguns Te-Deuns de luxo
Ó Santa igreja – e muita missa a libra.

Santo Cinismo – chapa-nos nas faces
Santo Cinismo – um tal estanho, enfim,
Santo Cinismo – que tu mesmo embaces
Santo Cinismo – ao ver cinismo assim.

Santa Intrujice – entrega as almas toscas
Santa Intrujice – às nossas artimanhas...
Santa Intrujice – Deus destina as moscas
Santa Intrujice – ao papo das aranhas.

S. Regabofe – dai-nos **bambochatas**[35]
S. Regabofe – até rolar no chão...
S. Regabofe – pipa e sermonatas!
S. Regabofe – porco e cantochão!

Santa Barriga – única santa nossa,
Santa Barriga – grande santa és!
Santa Barriga – alarga, estende, engrossa
Santa Barriga – e vai da boca aos pés!

Santa Preguiça – santa que consolas,
Santa Preguiça – não há nada igual
Santa Preguiça – a um bom colchão de molas,
Santa Preguiça – e mais et cet'ra e tal...

S. Venha-a-nós – realiza este desejo,
S. Venha-a-nós – ingênuo e timorato:
S. Venha-a-nós – faz do universo um queijo
S. Venha-a-nós – e faz de nós um rato!

(A Velhice do Padre Eterno)

A TORRE DE BABEL
ou a PORRA DO SORIANO

Eu canto do Soriano o singular mangalho!
Empresa colossal! Ciclópico trabalho!
Para o cantar inteiro e para o cantar bem
Precisava viver como Matusalém:
Dez séculos!
Enfim, nesta pobreza métrica
Cantemos essa porra, porra quilométrica,
Donde pendem colhões que dão a ideia vaga
Das nádegas brutais do Arcebispo de braga.
Sim, cantemos a porra, o caralho iracundo
Que, antes de nervo cru, já foi eixo do Mundo!
Mastro do Leviatã! Iminência revel!
Estando murcho foi a Torre de Babel!
Caralho singular! É contemplá-lo
É vê-lo
Teso! Atravessaria o quê?
O Sete-Estrelo!!
Em Tebas, em Paris, em Lagos, em Gomorra
Juro que ninguém viu tão formidável porra.
É uma porra, arquiporra!
Que se lhe podem dar trinta ou quarenta nós
E, ainda assim, fica o caralho preciso
Para foder, da Terra, Eva no Paraíso!!
É uma porra infinita, é um caralho insonte
Que nas roscas outrora estrangulou Lacoonte.

*

Oh caralho imortal! Oh glória destes lusos!
Tu podias suprir todos os parafusos
Que espremem com vigor os cachos do Alto Douro!
Onde é que há um abismo, onde há um sorvedouro
Que assim possa conter esta porra do diabo??!
Õ Marquês de Valadas em vão mostra o rabo,

Em vão mostra o fundo o pavoroso Oceano!
– Nada, nada contém a porra do Soriano!!!

*

Quando morrer, Senhor, que extraordinária cova,
Que bainha, meu Deus!, para esta porra nova,
Esta porra infeliz, esta porra precita,
Judia errante atrás duma crica infinita??
– Uma fenda do globo, um sorvedouro ignoto
Que lhe há-de abrir talvez um dia um terramoto
Para que desague, esta porra medonha,
Em grossos borbotões de clerical langonha!!!

*

A porra do Soriano é um infinito assunto!
Se ela está em Lisboa ou em Coimbra, pergunto:
  Onde é que ela começa?
  Onde é que ela termina,
Essa porra que, estando em Braga, está na China,
Porra que corre mais que o próprio pensamento,
Que porra de pardal e porra de jumento??
   Porra!
      Mil vezes porra!
         Porra de bruto
Que é capaz de foder o Cosmos num minuto!!!

(Pedro Soriano)

CESÁRIO VERDE (1855-1886)

Poeta realista, como Guerra Junqueiro, mas cuidadoso com a construção de cada verso, a ponto de ser considerado parnasiano, tal o seu formalismo. Afasta-se, no entanto, do Parnasianismo do tipo brasileiro por seu olhar crítico e pela preocupação social.
Entre Cesário Verde e o objeto do seu erotismo instala-se um efeito da consciência crítica e da preocupação objetiva que provoca um certo distanciamento. A mulher transforma-se, para ele, numa superfície percorrida pelo olhar analítico. No poema "Lúbrica", que aqui reproduzimos, a presença da mulher manifesta-se através dum "bilhete ardente", e o poeta manifesta-se mais interessado na crítica ao texto do que em falar dos atrativos da remetente.

Lúbrica

Mandaste-me dizer,
No teu bilhete ardente,
Que hás-de por mim morrer,
Morrer muito contente.

Lançaste no papel
As mais lascivas frases;
A carta era um painel
De cenas de rapazes!

Ó cálida mulher,
Teus dedos delicados
Traçaram do prazer
Os quadros depravados!

Contudo, um teu olhar
É muito mais fogoso
Que a febre epistolar
De teu bilhete ansioso.

Do teu rostinho oval
Os olhos tão nefandos
Traduzem menos mal
Os vícios execrandos.

Teus olhos sensuais
Libidinosa Marta,
Teus olhos dizem mais
Que a tua própria carta.

As grandes comoções
Tu, neles, sempre espelhas;
São lúbricas paixões
As vívidas centelhas...

Teus olhos imorais,
Mulher, que me dissecas,
Teus olhos dizem mais
Que muitas bibliotecas!

VÁRIA – 3

Ó áridas Messalinas,
Não entreis no santuário,
Transformareis em ruínas
O meu imenso sacrário!

Oh! A deusa das doçuras,
A mulher! Eu a contemplo!
Vós tendes almas impuras,
Não me profanais o templo!

A mulher é ser sublime,
É conjunto de carinhos,
Ela não propaga o crime,
Em sentimentos mesquinhos.

Vós sois umas vis afrontas,
Que nos dão falsos prazeres,
Não sei se sois más, se tontas,
Mas sei que não sois mulheres!

(O Livro de Cesário Verde)

XAVIER DE CARVALHO (1862-1919)

Temos a transcrever apenas um poema de Xavier de Carvalho, mas vale a pena fazê-lo para registro de uma cena de amor homossexual feminino sem quaisquer restrições moralistas ou preconceituosas.

O AMOR DAS FÊMEAS

Amavam-se. E que longo amor tinham as duas,
Quando no leito, a sós, ambas se viam nuas,
Ao romper da manhã! ...

Os corpos brancos de uma alvura de nevoeiro,
Apetitosos como os frutos em janeiro
E os seios num contorno iriente de romã...

Enlaçavam depois os corpos. Boca a boca,
Trocavam docemente os mais vermelhos beijos,
Numa febre de amor, numa ternura louca,
Entre gritos do sangue e ardências dos desejos.

Noites brancas! Na sede ardentíssima do gozo,
Que frêmitos! Da carne o insaciado ardor
Rói o sexo que explui, a crepitar, furioso,
Injetado de amor...

(Poesia humana)

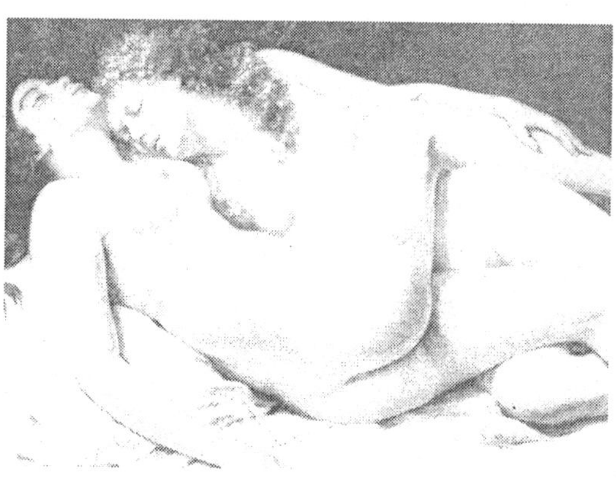

POSFÁCIO

Ao ler novamente esses poemas, recordei-me de que conheci certa ocasião uma mulher sensacional e grande leitora. Emprestei a ela muitos de meus livros. Também li muitos dos seus e enriqueci meu repertório nessa maravilhosa troca de influências. Ela surpreendeu-me quando lhe dei a ler os poemas que vão aqui nesta antologia. Revoltou-se e expôs suas razões num interessante bilhete, o qual, acredito, merece ser transcrito:

"*Me falta paciência para agüentar análises e discussões sobre autores, obras e temas sexuais portugueses. O moralismo deles é tão arraigado que, mesmo quando tentam adentrar os campos do liberalismo, parecem rapazotes contando bravatas do que não tiveram coragem de viver ou que fizeram, mas que, por se julgarem culpados, sujos, ficam longe do prazer que só a liberdade concede. A mistificação de tema tão simples procura tornar complexa a discussão pelo enfoque distorcido. Criam avesso no que naturalmente é cristalino. Daí surge a sátira, uma das armas contra a frustração. Só se satiriza o que não se alcança.*

O sexo é como a fome, a sede, a necessidade de conforto físico e psicológico. Saciá-los é instintivo. Qualquer coisa que se interponha a isso é antinatural, é mórbido. É interessante notar que diabo e sexo problemático são encontrados principalmente nas sociedades de formação católica e nas suas variantes protestantes. E a maior repressão sexual deu-se no calvinismo. Dessas bobagens sofre a humanidade até hoje. Principalmente os latinos. Minhas raízes, meu entender rejeitam tudo isso."

Helen

É bem provável que ela não tenha lido nem a metade do livro. É pena, pois a leitura e o debate só podem enriquecer cada um de nós, assim como a leitura e a reflexão, mesmo solitárias, podem levar-nos a vencer os nossos preconceitos, as nossas barreiras. Além disso, como vimos, alguns poemas escapam ao grupo a que ela se refere e critica. Quem sabe agora ela volte a lê-los com outros olhos?

Geraldo Chacon

NOTAS

[1] Pseudônimo pastoril, conforme convenção da estética árcade ou neoclássica, muito empregado por outros poetas como Manoel Maria Barbosa du Bocage ou Cláudio Manuel da Costa.
[2] Tumores, inchações.
[3] Pequenas feridas com crosta; o mesmo que pústula.
[4] Aquele que com freqüência corteja uma mulher.
[5] Anteparo utilizado em portas e janelas para proteger contra excesso de vento e indiscrição de quem passa.
[6] Pessoa velha presa a costumes antigos.
[7] Parte dos animais em que as espáduas se encontram, fio do lombo.
[8] O mesmo que aluguel.
[9] Troça, caçoada, remoque, mofa, gozação.
[10] Remendos nos calçados.
[11] O mesmo que fanchão, homossexual ativo.
[12] Estar em voga, ser famoso.
[13] O mesmo que tolo, incauto, bobo.
[14] O mesmo que meretriz, prostituta.
[15] Entre os muçulmanos, sacerdote e legista.
[16] Conjunto de forças sobrenaturais que atua sobre uma coisa ou pessoa.
[17] Enfeite constituído de conchas e pedaços de pedras, cristais ou louça, incrustado na parede.
[18] Expressão latina utilizada para designar um limite que não deve ser ultrapassado.
[19] Expressão latina que pode ser traduzida como "para perpétua lembrança da coisa".
[20] Palavra de origem japonesa, designa alfanje ou espada.
[21] Termo que serve, assim como piranha, para designar meretriz ou mulher muito faminta de sexo.
[22] Espécie de cola empregada para fechar envelopes gomados.
[23] Alça, eleva, levanta.
[24] Funcionário eclesiástico que dirige o coro.
[25] Mulher que trabalha na roda dos asilos e conventos.

[27] Turbante; toucado antigo; cabelo em desalinho ou grenha.
[28] Plantara, mergulhara.
[29] Bisturi empregado em dissecações.
[30] Que não sabem o que fazer, confusos.
[31] Divindade associada ao pênis, adorada pelos antigos como símbolo da fertilidade da natureza.
[32] Chatos.
[33] Expressão latina que significa "por exemplo".
[34] Cestos pequenos, feitos de vime.
[35] Orgia, patuscada, pândega.